REGARDE TOI

Je ne veux pas mourir …

Sandrine-Laure REBILLET

A Mes Filles, Léa et Claudia,

A Mathieu, parce qu'il sait qui il est,

A Mon Frère, Sébastien,

A Mes Parents, Martine et Claude,

A Ma Famille,

A Ma Cousine Isabelle, parce que nous
sommes de la race des poux,

A Marie-Laure, Parce que c'est comme ça...

A vous tous qui m'avez soutenue et
accompagnée.

Et enfin et surtout au nom de l'amour...

Je suis née en aout 1965. Je suis le fruit des amours de jeunesse de ma sublime maman.

Martine, ma mère, a aimé Jean-Pierre, mon père biologique, d'un amour passionné et exclusif. Il l'a abandonnée lorsqu'il a su qu'elle portait en elle leur bébé.

Maman a vécu sa grossesse éloignée de sa famille, rejetée et montrée du doigt par tous. Seul mon oncle Gilbert est resté à ses côtés.

Il a assisté à ma naissance et m'a donné mon prénom et mon nom : Sandrine – Laure – Sidonie Rebillet.

Mon grand-père ne m'a vue qu'à notre sortie de la maternité. A la minute où il m'a prise dans ses bras, je suis devenue sa raison d'être. Il m'appelait : '' La huitième merveille du monde''.

J'ai poussé au milieu de mes oncles et tantes : Gilbert, Marie-Christine, Marie-Joëlle, Jean-Marc et Thomas. Mes 2 mamys. J'étais une petite fille très discrète, sage et observatrice, j'ai appris seule à jouer aux Dames à 3 ans en regardant les grands disputer de longues parties. Je suçais mon pouce en tournant mes boucles et je les observais. Je me faisais câliner par mes mamys, faisais tourner en bourrique mes oncles et tantes et j'attendais les retours de ''Gros-Père'' avec impatience...

Il était mon Dieu, je n'obéissais qu'à lui. Je voyais ma maman les week-ends. Elle venait de plus en plus souvent avec son amoureux et celui-ci, de plus en plus souvent, venait me chercher pour aller au Zoo, au manège, en balade... Je l'aimais bien.

Un jour, maman m'a demandé si je voulais que Claude devienne mon papa. Du haut de mes 3 ans j'ai répondu :

- « Non je ne veux pas. »

Il a fallu un petit séjour à l'hôpital pour que dans ma peur des docteurs, je m'accroche à Claude en pleurant :

- « T'en va pas mon papa ! »

J'ai fait fondre le cœur de cet homme exceptionnel...Il m'a prise dans ses bras et a dit :

- « Papa revient tout de suite mon bébé, ne t'inquiète pas. »

J'avais donc un papa, et à compter de ce jour, j'ai découvert ce que voulait dire le mot "NON".

J'ai changé de nom, de maison, et je suis devenue une petite fille normale. Une petite fille qui allait à l'école, qui rangeait ses jouets, qui mangeait ce qu'elle avait dans son assiette, une petite fille qui allait au coin lorsqu'elle se montrait capricieuse, une petite fille qui prenait des fessées... Je défiais mon père ! Je le regardais dans les yeux et je lui lançais :

- « Tu n'es pas le commandant de moi !!!! »

Il m'a confié bien plus tard que mon insolence et mes provocations le rendaient malade.

Mon frère est venu agrandir notre famille, nous avons quitté Paris et sommes arrivés en Normandie.

Ce fut pour moi une cassure très douloureuse. Ma vie de petite parisienne me manquait terriblement.

Mon enfance s'est déroulée normalement, je suis devenue une adolescente un peu turbulente. J'étais terriblement complexée, alors je faisais le clown pour être drôle puisque je ne me trouvais pas jolie...

A la maison, j'étais calme et révoltée à la fois. Je vouais à mon père un véritable culte. Et il m'adorait... Nous parlions de tout... De la vie... Des garçons... "Ces petit merdeux qui tournaient avec leur mob". Papa me protégeait comme un trésor.

L'année de mes 18 ans, lors d'une dispute avec maman, une dispute où je lui ai dit que mon père était l'amour de ma jeune vie, pour une raison que je comprends aujourd'hui, maman m'a regardée froidement et m'a lancée :

- « Ton père que tu aimes tant, il n'est même pas ton père !!! »

Je me souviens de ce jour comme si c'était hier, j'ai poussé mon premier cri de douleur...

J'étais folle de chagrin... Qui était cet homme que j'appelais Papa... Alors c'était bidon lui et moi ? Il ne pouvait pas m'aimer...

Je n'étais pas sa fille...

Je ne devais plus lui adresser la parole pendant plus d'une semaine... Il m'avait trompée...

Un soir, il est rentré plus tôt. Les yeux cernés et rougis par le chagrin. Il a mis mes affaires dans un sac et nous avons pris la route. Quelques jours pour se parler...Pour se comprendre...

- « Tu ne sors pas de mes couilles, mais je t'aime parce que tu es ma fille...Tu es ma petite fille à moi et tu es ce que j'ai de plus cher au monde. »

Il pleurait la tête dans mon cou, je sentais ses larmes couler. J'ai caressé sa nuque et j'ai murmuré :

- « Je t'aime papa... Pourquoi tu ne m'as rien dit ? »

Il m'a tout raconté. Ces quelques jours nous ont appris à nous connaitre et à nous aimer encore davantage.

J'ai rencontré mon géniteur et mon respect pour mon père a été plus fort encore.

J'ai vécu ma vie de toute jeune femme à Paris, puis à Londres. Entre mes amours et une vie professionnelle un peu instable.

En 1992, j'ai retrouvé par hasard l'homme qui m'avait, dix ans plus tôt, fait découvrir les jeux du corps. Je n'ai pas su résister à son charme et de nos nuits de folies est née Léa en octobre 1993. Eric est parti à la seconde où il a eu connaissance de mon état.

Maman a appelé son acte de courage : ''La malédiction des filles Rebillet ''.

J'étais quant à moi folle de joie.

Pierre, l'un des meilleurs amis de mon frère, m'a accompagnée tout au long de ma grossesse et nous nous sommes unis pour le meilleur et pour le pire (Je dirais même beaucoup pour le meilleur, mais trop souvent pour le pire), le 9 juillet 1994.

Claudia est venue agrandir notre famille le 20 juin 1995.

Pierre est un homme courageux et gentil, mais notre union n'a jamais été ni euphorique, ni passionnée.

Ma belle-famille a abimé notre mariage. Trop de différences, trop de non-dits. Seuls nos congés d'été nous rapprochent... C'est peu, ce n'est pas assez.

En 2008, je m'inscris sur "Copains d'avant", et je retrouve Enzo... Enzo et ce souvenir ému de nos regards furtifs de lycéens. A force de mails, de sms plus enflammés les uns que les autres, nous nous retrouvons à Paris en mai.

Notre relation sera passionnée, magique, magnifique. Nous nous sommes aimés à la folie.

A partir de cette période mon mariage est fini. Pierre souffre, mais il est trop tard, je le quitterai en octobre 2011. Et je ne reviendrai plus jamais vivre auprès de lui. Il reste mon ami et le papa de nos deux merveilleuses filles.

Le 18 novembre 2010, Maman nous a quittés. Elle était la joie de vivre faite femme. L'annonce de son cancer en 2009, nous a fait l'effet d'une bombe. Notre maman était le pilier de la famille. Notre père était fou d'elle.

Maman avait un cancer du côlon et des métastases hépatiques. Sa chimiothérapie fut longue et lourde. Cette épreuve ne devait pas la guérir mais juste prolonger un peu sa vie...

Elle était courageuse, elle souriait tout le temps et ne se plaignait jamais. Notre père occultait totalement sa maladie. Il était même souvent très injuste avec elle. Je pense qu'il ne se rendait pas compte de ses souffrances.

En juillet 2010, l'état de maman s'est aggravé. Nous avons pris la décision, mon frère et moi, de rencontrer son médecin. Il nous a reçus un vendredi en tout début de soirée et nous a annoncé le pire. Nous étions Sébastien et moi comme deux enfants perdus.

- « Lorsque j'ai vu votre mère pour la première fois en novembre 2009, je lui ai dit tout de suite qu'elle était condamnée. Elle sait depuis le début que la médecine ne peut pas la soigner. »

J'ai pris la main de mon frère... C'était terrible. Maman savait donc depuis le début et elle ne nous disait rien. Par pudeur, par amour... Tout simplement pour ne pas nous faire peur, pour nous protéger comme elle l'avait toujours fait. Quelle femme, quel courage admirable !

Nous réalisons soudain comme il a du être pénible pour elle de nous entendre parler des prochains Noëls, des prochaines vacances, de nos futurs avec nos enfants.

Elle savait pendant tous ces mois que son futur à elle n'existait pas, qu'il n'existait plus. Qu'elle ne fêterait jamais les 18 ans de ses petites filles, qu'elle ne les verrait jamais se marier. C'est terrible d'imaginer que le futur n'existe plus. On peut dire : "demain", "après-demain", "la semaine prochaine" et ensuite c'est l'inconnu... Il n'y a sans doute plus le temps pour un : "dans 2 mois"... C'est terrible de comprendre soudain que c'est la réalité de notre mère.

Nous sommes montés l'embrasser dans sa chambre, elle est un peu surprise de nous voir arriver un vendredi soir tous les deux, mais elle sait. Mon frère est sorti acheter des boissons fraiches et je n'arrive pas à soutenir le regard de notre mère.

- « Qu'est-ce que vous faites là mes enfants chéris ? »

J'entends encore sa voix, maman nous appelait toujours ''mes enfants chéris''.

- « Nous étions inquiets maman, nous avons voulu rencontrer le docteur B. »

Elle me regarde, elle a l'air si triste…

- « Il vous a dit ? »

Je prends sa main.

- « Oui maman, il nous a dit… »

Ma voix tremble, je ne trouve pas les mots. Pour la première fois de ma vie, je suis désemparée devant elle. Elle essuie une larme sur ma joue.

- « Promets-moi de consoler les hommes. Ton père ne va rien comprendre comme d'habitude et ton frère va s'effondrer. Tu es forte toi ma fille, tu vas t'occuper de tout. »

Je la prends dans mes bras et je promets. Je serre contre moi son corps qui souffre. J'aimerais au moins apaiser son immense cœur. Je promets tout ce qu'elle me demande. C'est à partir de ce jour que notre famille et nos proches m'ont surnommée : ''Iron-Girl ''.

Maman ne parlait jamais de ''l'après'', elle refusait cette idée, elle pensait que le miracle allait se produire. Maman s'est battue jusqu'au bout, parce que toute sa vie elle s'est battue. Pour être la plus jolie, pour être la meilleure des assistantes de direction, la meilleure épouse et surtout, la meilleure des mamans.

Elle a fermé les yeux pour l'éternité le jeudi 18 novembre…

Nous avons, dans sa petite chambre de la maison de repos, ma fille Léa et moi, consolé les deux hommes de sa vie.

Elle est étendue, sereine et enfin soulagée de ses douleurs. Il nous semble qu'elle sourit… Maman nous a quittés. Nous ne l'entendrons plus jamais rire aux éclats.

Elle riait maman, elle riait tout le temps, pour tout, pour rien.

Elle m'avait fait promettre de la maquiller et de la rendre ''jolie''… C'était important pour elle d'être toujours belle.

Le vendredi après-midi, Sébastien décide de venir avec moi, Léa est là aussi. Maman est pâle… Froide… Je commence par m'occuper de ses ongles. Je les lui lime et je dépose son vernis préféré. Je lui parle. De temps en temps, je m'arrête pour poser un baiser sur son front.

J'ouvre sa boite de couleurs, '' le plus beau cadeau '' qu'elle ait eu de toute sa vie… Une mallette de maquillage que je lui ai offerte pour son dernier anniversaire, son dernier 15 août. Ses 66 ans. Elle était comme une enfant avec toutes ses palettes colorées.

Je fais tout ce qu'elle aurait fait. Mon frère pleure. J'essuie du revers de la main une larme sur sa joue.

- « Voilà Maman, ils ne te feront pas un maquillage à la con, tu seras belle pour toujours ».

Je la trouve très belle. Elle dort… Voilà c'est cela, elle dort tranquillement…

Je prends plusieurs photos, Il ne s'agit pas de voyeurisme morbide, je le fais à la demande de mon oncle Gilbert. Il est loin, et a besoin de voir sa petite sœur une dernière fois.

Je reviendrai chaque jour jusqu'à la mise en bière, retoucher son maquillage et lui parler.

Nous organisons son dernier voyage. Nous choisissons les chansons pour l'Eglise. Ce sera ''Mistral Gagnant'' et '' Quand on a que l'amour''.

Notre père est ingérable, son chagrin m'effraie. Je ne sais pas comment apaiser sa peine. Il ne tient pas debout. Il ne parle pas, il pleure sans arrêt. C'est inimaginable, il n'a plus rien du héros de mon enfance.

Le jour des obsèques, il est insupportable. Il ne peut à l'église garder la position debout. Je passe la cérémonie à lui caresser la nuque, à essuyez ses larmes, à lui murmurer à l'oreille que je l'aime.

Nous le perdons au cimetière. Je le cherche partout. Je suis complètement en panique.

Il est parti... Il est monté dans sa voiture et il est rentré chez lui. Il est fou de chagrin. 45 ans d'amour... Je veille sur lui, comme le voulait maman.

Papa ne parle presque plus, il subit notre présence. Je l'accompagne à tous ses rendez-vous, et le quitte le moins possible.

Nous sommes en train de devenir une espèce de couple improbable.

Je me souviens du jour ou le docteur I. lui parle de métastases aux poumons. Papa ne l'écoute pas, il joue avec ses cartes de crédits, il est insupportable. Dans la voiture, je lui demande de se battre, je le supplie de se soigner. Il n'a qu'une seule réponse :

- « Je veux rejoindre votre mère !!! Ne dis rien à ton frère s'il te plait, il ne faut pas qu'il sache... »

Mon frère a 41 ans, je pense qu'il est capable de recevoir cette nouvelle aussi triste soit elle.

Et puis, je refuse de supporter cette nouvelle épreuve seule. Je trouve cela injuste. J'ai besoin de parler avec mon frère.

Dès lors papa devient totalement imprévisible, il me mène une vie impossible. Il n'est jamais satisfait, il refuse de se soigner.

Il passe son temps à me téléphoner pour un oui, pour un non. Il m'engueule à longueur de journée. Il est même désagréable parfois.

Souvent je le menace de l'abandonner. Il s'en amuse, il sait que jamais je ne lâcherai sa main. Alors il profite un peu de la situation.

Un après-midi du mois de mai 2011, mon frère m'appelle très inquiet. Notre père est tombé dans la cuisine et visiblement il est désormais incapable de vivre seul. Nous prenons la décision, Sébastien et moi, de rester auprès de lui le soir même. Curieusement notre présence semble satisfaire papa et il ne s'en étonne pas. Nous passons une soirée surréaliste. Le vin que nous buvons, mon frère et moi, nous fait oublier que notre père est en plein délire. Il répète qu'il nous aime…

Papa ne nous dit jamais qu'il nous aime, sa grande pudeur fait de lui un homme qui n'exprime pas ses sentiments. Ce soir-là, il nous embrasse, nous prend dans ses bras. Il retire la chaine qu'il porte autour du cou. Ce bijou en or est un présent de notre mère, nous y avons accroché leurs 2 alliances, il ne s'en sépare jamais.

- « Ne retire pas cette chaine papa, demain tu ne sauras pas la remettre avec tes gros doigts !!! »
- « Ne t'inquiète pas ma puce, tu me la remettras en temps voulu. »

Nous le montons dans sa chambre et reprenons nos places devant notre bouteille de vin rouge. Nous somme hilares. Nous entendons notre père nous dire encore et encore qu'il nous aime.

Nous ne trouverons cette nuit-là que très difficilement le sommeil. C'est au petit matin, en réveillant Sébastien, que je m'aperçois que notre père dort encore. Je jette rapidement un œil dans sa chambre et je me réjouis de son profond sommeil…

Nous descendons mon frère et moi prendre notre café à la cuisine.

- «Tu trouves cela normal qu'il dorme encore à 7h00 du matin? »
- « Il est épuisé, je pense que notre présence l'a rassuré et il en profite pour se reposer un peu. Tant mieux, il sera moins chiant aujourd'hui. »

Les minutes passent et papa ne se réveille pas. Inquiets, nous rejoignons sa chambre. Le bruit de la machine qui l'assiste pour respirer la nuit est insupportable. Nous tentons de le réveiller, il n'y a rien à faire. Nous décidons d'appeler les pompiers.

- « Quand il va se réveiller au beau milieu des pompiers, il va nous tuer... »
- « Ne t'en fais pas mon grand, nous lui expliquerons que nous avons eu peur ! »

C'est incroyable, nous sommes deux adultes et subissons encore l'autorité de notre père. Il faut dire qu'il n'est pas commode papa.

Les pompiers nous rappellent, ils ne trouvent pas la maison. Je pars pieds nus à leur rencontre, un vent de panique m'envahit peu à peu.

Les médecins du SMUR sont là aussi... L'attente nous semble interminable. Nous nous regardons Sébastien et moi et ne savons quoi nous dire.

Le médecin chef descend nous rejoindre et la nouvelle nous arrive, comme un énorme coup de poing au visage.

-   « Votre père est décédé aux alentours de 3 heures du matin. Il est mort dans son sommeil, il n'a pas souffert. »

Je ne comprends rien de ce qu'il nous raconte. Je lui montre les radios de papa, son tep-scan, ses analyses de sang. Je déballe le dossier médical de mon père. Je pose des questions stupides.

Papa était condamné, le docteur nous explique que son cerveau était touché par les métastases... C'est un cauchemar.

Nous montons les marches quatre à quatre et pénétrons dans la chambre silencieuse. Je me jette sur le corps sans vie de notre père. Je m'entends hurler :

-   « Papa !!!! Papa réveille-toi... »

C'est mon frère qui caresse mon épaule, qui me soulève lentement pour me consoler.

Je ne suis pas consolable. Rien, ni personne ne parvient à apaiser mon immense chagrin.

En perdant mon père, j'ai perdu mon modèle, mon héros, mon ami, le premier homme de ma vie.

Je suis restée prostrée... J'ai l'impression que ma vie s'est mise entre parenthèse pendant des mois.

Aujourd'hui encore, je pleure souvent en prononçant le mot : 'Papa'...

Je ne me suis jamais habituée à l'absence de mon père.

Après ses obsèques, je suis vidée. Nous nous réunissons dans la maison de nos parents avec la famille et nos amis. Le bon vin coule à flots. Papa voulait que nous fassions la Fête, il en parlait souvent. Il nous avait interdit de pleurer.

Nous grignotons des salades et de la charcuterie et mon angoisse monte. Je regarde mes tomates et je demande discrètement à Léa de retirer les pépins de mon assiette... Je ne contrôle plus ma peur de la nourriture. Depuis la mort de maman, mes repas se sont transformés en cauchemars. Je ne supporte plus de m'alimenter, tout me dégoute. Pire que le dégout, ça m'agace. Je déteste manger !!! Je me souviens d'un midi au restaurant italien avec papa. J'ai commandé une escalope de veau milanaise avec des spaghettis. Je fais le tri. Je range les longues pâtes.

- « Je peux savoir ce que tu fais? »
- « Je range mon assiette Papa »

Il me connait bien mon père, il comprend en une fraction de seconde que je ne tourne pas rond. Je sens les larmes remplir mes yeux. Il faut que je lui dise la vérité… Si je n'en parle pas, je sens que cette situation va me mener droit en enfer.

- « Papa, depuis que maman est partie, je ne sais pas pourquoi, mais je n'arrive plus à manger. Il faut que je range dans mon assiette sinon je ne vais pas bien. Alors je fais des petits tas de sept ou de onze, ça dépend. »

Il m'observe longuement, son regard bleu me transperce. Il y a soudain toute la tendresse du monde dans ses yeux.

- « Tu comptes les spaghettis ? Tu fais ça souvent ? »

- « Pardon Papa, mais c'est tellement dur tout ça. Tu es malade, tu ne veux pas te soigner, maman me manque et moi je m'occupe de tout et je suis tellement fatiguée ».
- « Je suis désolé ma puce. Je suis un fardeau pour toi. Je ne sais pas quoi te dire. Tu as parlé avec un médecin ? »
- « Oui, j'ai téléphoné au Docteur I, il pense que c'est une forme d'anorexie mentale. Il dit aussi que je suis choquée par la mort de maman et que c'est ma façon de me révolter.»

Nous n'aborderons plus que très rarement le sujet...

Dès lors, papa fustige les personnes qui observent mes curieux rituels. Il interdit pendant les repas que l'on me regarde ou que l'on me force à manger. Il me protège.

Ainsi le jour de son enterrement, me voilà partie en guerre contre les pépins de tomate. C'est terrible parce que je ne maîtrise rien du tout, c'est plus fort que moi. Je ne me rends même pas compte du ridicule de certaines situations.

Je vais ainsi m'enfoncer dans l'anorexie, de jours en jours et de semaines en semaines…

Je n'ai même plus la sensation de faim. Je peux rester des jours sans m'alimenter, ça ne me pose aucun souci. Je perds environ vingt kilos. L'anorexie mentale touche particulièrement les femmes. Elle fait souvent suite à un choc profond. J'en ai eu deux en six mois. Je me rends compte que la perte de mes parents m'a mise à terre. En plus de l'immense chagrin causé par leur absence, j'ai involontairement abimé mon corps comme pour me punir.

L'été 2011 sera celui de mon combat contre mon propre corps. Chaque bouchée avalée est une victoire. Je passe des heures à pleurer devant mes repas en répétant :

- « C'est long... »

Oui, ils sont longs ces terribles moments où je dois manger un minimum, au moins pour rester debout.

Je passe un temps fou à faire mes courses. Je prends, je fais le tour du magasin, je repose, je refais le tour, et je recommence inlassablement.

Je fais dans les magasins des colères ingérables. Je perds pied. J'ai mis des mois à assimiler le fait que : ''Si on ne mange pas, on meurt''.

Aujourd'hui encore, si je suis contrariée ou fatiguée, il se peut que j'oublie de manger. Sauter des repas ne me perturbe pas.

C'est un état de fait que je n'accepte pas. Je reste quatre années après, meurtrie au plus profond de moi. Je ne supporte pas que l'on me regarde manger. Je ne supporte pas que l'on me force à manger. Mes séjours à l'hôpital sont de ce fait, une source de conflits avec le personnel soignant. Je renvoie les plateaux ou je les jette à travers la chambre.

Voilà, l'un des traumatismes que m'a laissé la disparition de mon père. Lui, qui aimait tant mes rondeurs et ma gourmandise. Lui qui raffolait de ma cuisine riche et généreuse. Je ne suis jamais parvenue à combler l'immense vide qu'il a laissé. Une fois, une seule fois j'ai été sure et certaine qu'un homme allait m'aider à surmonter mon désarroi, c'était en 2012... Lorsque Mathieu est entré dans ma vie.

Octobre 2012.

Nous échangeons chaque jour sur Facebook. Des mots simples, des mots d'amitié. Il me parle de son travail à la ferme. Je lui parle de mes boutiques.

J'ai, après la mort de mes parents, décidé de m'installer en Baie de Somme. Avec l'ouverture de mes deux boutiques, je démarre une nouvelle vie.

Nous travaillons mes filles et moi comme des folles pour réussir à mener à bien nos projets.

J'adore le bord de mer. Nous avons une existence douce et sereine. Ma vie sentimentale est nettement moins paisible. Depuis ma séparation du père de mes filles, je papillonne, je n'ai aucune relation stable.

Philippe, un comédien-artiste-peintre, rencontré grâce à la sortie de mon premier bouquin.

Un chanteur bourré de talent qui deviendra mon plus fidèle confident.

Ahmed... Ahmed ... Mon Ami... Mon Frère... Ahmed qui répond toujours à mes appels au secours...

Je ne cherche pas particulièrement l'amour, j'aime juste avoir un ami pour ne prendre que le bon.

Je connais Mathieu depuis le collège. Nous avons partagé les mêmes établissements scolaires jusqu'au Lycée. Puis en 1985, nos chemins se sont séparés. Il a épousé sa petite fiancée de l'époque, fait quatre enfants et mené son entreprise agricole d'une main de maitre.

Nous nous sommes retrouvés en février 2008. J'ai sympathisé avec son épouse. Et nos deux familles ont pris l'habitude de se réunir régulièrement autour de joyeux repas. Marie-Ange et moi devenons très proches. Elle se décrit comme une femme très malheureuse. Le ''Mathieu'' dont elle me parle n'est pas celui que je connais et avec qui je prends un café une à deux fois par semaine. Elle se plaint d'un homme égoïste, menteur, manipulateur.

Marie-Ange souffre et souvent, elle m'appelle en pleurant. Selon elle, il passe la plupart de son temps à s'inviter pour le café ou le thé chez des amies. Il serait volage... Il n'a jamais eu avec moi le moindre geste déplacé.

Marie-Ange n'est pas jolie. Elle est grande, un peu forte, blonde, pas coquette du tout. Elle est même un peu négligée. Je m'attache à elle, sa détresse me touche en plein cœur.

En Aout 2009, nous partons, mon mari, mes filles, Marie-Ange et deux de ses enfants en Vendée.

Je me fais une réelle joie de ces vacances. La maison en bord de plage est très agréable, le temps est magnifique. Cependant, dès le premier soir, le séjour tourne au cauchemar. Les enfants de Mathieu sont insupportables. Ils n'ont aucune éducation et se montrent d'une arrogance incroyable. Leur mère se réveille après tout le monde, se fait servir comme une princesse, du matin jusqu'au soir.

Madame a des migraines. Le matin, alors que j'ai préparé le petit déjeuner pour tout le monde, elle prend l'habitude de descendre à la table courtement vêtue pour danser sous l'œil médusé de mon mari. Elle se conduit avec lui comme une chatte en chaleur... Nous en rions ensemble, le père de mes filles reste insensible au charme de la fermière. Elle se rend très vite compte qu'elle n'a aucune chance ni d'éveiller un soupçon de désir en lui, ni d'attiser ma jalousie.

Nous la trouvions vilaine et sans charme. Les vacances nous font découvrir une femme méchante, incapable de tenir ses enfants, fainéante, menteuse et manipulatrice.

A mon retour, je contacte Mathieu et lui raconte mes charmantes vacances avec une partie de sa tribu.

Il ne semble pas surpris et notre amitié restera intacte.

En ce mois d'octobre 2012, Mathieu m'annonce que sa tendre épouse est partie et qu'il entame une procédure pour mettre fin à leurs 25 années d'amour.

Je lui conseille de ne rien précipiter et de bien réfléchir avant de prendre des décisions hâtives.

Nous correspondons chaque jour, j'attends nos échanges comme une adolescente. Je reste secrète et sur la réserve. Mathieu est un homme pudique et timide... Notre très grande amitié devient peu à peu une tendre complicité.

Nous envisageons de nous voir pour un week-end face à la mer. Je lui laisse des messages subliminaux sur mon mur Facebook. Mathieu livre les produits de sa ferme la nuit et je tremble pour lui.

Un soir, au moment de me dire au-revoir, il écrit : ''je t'...'' je me surprends à rougir devant mon ordinateur et timidement, je réponds : ''Idem ''.

Nous nous retrouvons mi-novembre et débute alors notre histoire d'amour atypique. Je trouve Mathieu très séduisant, il est plutôt grand, les épaules larges, les cheveux châtains foncés et un regard sombre et tendre à la fois. Je lui trouve cette force tranquille des hommes de la terre, il me fait fondre.

A partir de l'instant où la petite tribu nous a sus officiellement épris l'un de l'autre, la bataille a commencé.

Marie-Ange a propagé son vilain travail de manipulation dans toute la région. Selon elle, mon histoire d'amour avec Mathieu aurait débuté en 2008. Nous l'aurions humiliée et trahie, et c'est pour cela qu'elle a dû fuir le domicile conjugal à plusieurs reprises. Pauvre Marie-Ange qui oublie juste qu'elle m'a confié avoir autrefois outrageusement trompé son époux… Pauvre Marie-Ange qui oublie qu'elle m'avouait être capable des pires mensonges afin de conserver aux yeux de tous, son auréole.

Marie-Ange encore qui souhaitait être une icône.

Ainsi, je me trouve plongée dans un bain de haine et de mépris. La fille ainée de Mathieu ne souhaite pas me rencontrer et c'est tant mieux. Je m'aperçois vite que le fils ainé qui se disait mon allié, est en réalité imbu de sa personne et loin d'être le jeune homme franc et juste qu'il dit être. Il n'est qu'un petit manipulateur sans envergure. La seconde fille est égale à elle-même, menteuse, hypocrite et hystérique. Cette jeune femme est totalement irrationnelle. Elle colporte à mon encontre des idioties dont elle se persuade et tente en vain d'en convaincre son père. Je démonte chacun de ses mensonges. Je fais témoigner chacune des personnes qu'elle implique dans sa calomnie dévastatrice. Elle passe aux yeux de beaucoup pour ce qu'elle est : Une pauvre petite idiote manipulatrice.

Le cadet, autrefois le plus virulent, se montre plutôt gentil. Le problème, c'est que ces gosses sont tellement faux, que je ne saurai jamais s'il était ou non sincère...

Notre première nuit chez moi est un déferlement d'amour et de tendresse. Je fonds comme neige au soleil sous les baisers et les caresses de Mathieu.

Il est tendre, doux et attentionné. Nous nous lovons toute la nuit. L'émotion et la situation font qu'il ne peut, cette nuit-là, me pénétrer.

Mathieu est un homme formidable... Les 150 kilomètres qui nous séparent sont parfois lourds de conséquences et nous avons bien souvent du mal à gérer la distance et le manque. Facebook, qui nous réunissait au début de notre relation, devient vite une source de conflit et de disputes.

Son amie Odile, qui me raconte qu'elle parle de sexe avec lui, a le don de me rendre folle. Je ne comprends pas comment on peut faire un tel aveu à quelqu'un que l'on ne connait pas. Je me sens très gênée car, en cette fin d'année 2012, Mathieu et moi, n'avons jamais de conversations coquines.

Nous passons les fêtes ensemble. Je l'aime, mais je suis fatiguée. Je maigris, mon corps est de plus en plus marqué. Je fais des hémorragies qui me laissent épuisée. J'ai peur d'avoir quelque chose de grave.

Le 6 janvier, Mathieu est chez lui et reçoit ses quatre enfants.

J'ai passé une nuit terrible. Je suis épuisée, je fais une hémorragie incroyable, bien plus puissante qu'à l'ordinaire. J'appelle Nickolas, mon ami de toujours. Il est en transit en France et son métier de consultant fait qu'il connait tous les centres hospitaliers.

Je préviens les fils de Mathieu et leur demande de rassurer leur père. Ils ne le feront pas.

Je rentre le soir chez moi, après des premiers résultats d'analyse très pessimistes. Je ressens le besoin de parler à Mathieu. Je me connecte à Facebook et je constate avec horreur que son amie Odile est de nouveau dans ses contacts. Je lui envoie un SMS et sa réponse est sans appel : « Et l'argent du sport ? Et le mari de Salomé ? » .

Je ne comprends pas son message. Je ne sais pas qui est Salomé et ne comprends rien à son histoire d'argent et de sport. Je lui téléphone et il hurle.

Le père d'Odile, un poivrot notoire de la ville, lui aurait dit que j'avais détourné de l'argent à une association sportive pour laquelle j'ai autrefois travaillé en qualité de secrétaire. Quant à Salomé, elle aurait raconté qu'à cause de moi, son mari l'avait quittée.

J'appellerai le Maire de l'époque pour qu'il calme les délires de l'alcoolique. Et je m'expliquerai plus tard avec Salomé. Cette dernière, n'a jamais rien évoqué à mon propos, c'est un mensonge de la fille de Mathieu.

Je trouve ces accusations mensongères très graves. Il me semble que c'est dramatique de colporter de telles choses. Je me rappelle alors d'un message de Marie-Ange à Mathieu, dans lequel, elle lui reprochait son amour pour une femme qui les avait tous salit.

Nous ne devons pas elle et moi avoir la même notion du verbe ''salir''. J'ai fait tout ce qui était en mon pouvoir pour être aimable avec tout le monde. Mais ce fut vain. Je ne me suis heurtée qu'à de la haine et de l'hypocrisie.

C'est incroyable cette manie de calomnier sans cesse. Marie-Ange est très croyante, elle enseigne même l'instruction religieuse. Elle circule avec une croix autour de son cou. Elle a une façon d'aimer ''son prochain'' qui m'est totalement étrangère. Cette femme menteuse, manipulatrice et perverse me fera fuir la religion. Je me rends compte à bientôt

50 ans de toute l'hypocrisie de l'Eglise au travers de cette icône du diable.

Je souffre dans mon corps et dans ma vie, je devais partir en Afrique avec mon amour, il partira sans moi, accompagné de son fils cadet.

Ma famille et mes proches n'en reviennent pas. Tous me dissuadent d'espérer quoique ce soit de cet homme. Ils le trouvent lâche et égoïste, mais je l'aime.

Je souffre d'une sorte d'hémopathie. Ma très forte anémie n'arrange rien. Je suis soutenue par ma famille, il me faut des plaquettes et du sang.

Je bénéficie des connaissances de ma tante et peu à peu je reprends des forces.

A son retour de vacances, Mathieu semble plus serein et nous décidons de prendre un nouveau départ. Je l'aime et ne veux pas le perdre.

Au début du mois de mars je reçois des plaquettes à l'institut Gustave Roussy. Je reçois également des globules rouges à plusieurs reprises. Je suis une habituée des visites dans les hôpitaux, Abbeville, Dieppe, Amiens.

Afin de prouver mon amour à Mathieu, je délaisse mes activités à Mers et me rends le plus souvent possible à la campagne à ses côtés.

Nous vivons des jours heureux... Ou presque... Mathieu exige tout de moi. Il veut un partage total et absolu. Ses colères sont inattendues.

Je ne vois plus mes amis, je ne vis que par et pour lui. J'en oublie mes rendez-vous médicaux.

Le jour de la fête des pères, j'envoie un message privé à deux de mes amis. Le premier à Ahmed, parce que je ne suis pas certaine qu'il ait la joie d'avoir à ses côtés ses enfants ce jour-là. Et le second, à Jean-Marie, un autre de mes amis, qui, après des mois de séparation, retrouve enfin une vie de famille harmonieuse.

Mathieu me demande de lui montrer mes échanges sur Facebook et entre dans une colère noire. Il me laisse seule dans la maison. Je suis effondrée. J'ai le sentiment de donner beaucoup, mais pour Mathieu ce n'est pas assez, ce n'est jamais assez.

Il fait partie de ces hommes qui ont besoin de toujours plus. Je l'aime, je suis certaine de l'aimer comme jamais je n'ai aimé, et je lui donne bien plus que ce que j'imaginais pouvoir donner à un homme.

Il ne semble pas s'en rendre compte. Et son exigence me fait perdre pied. Je souffre énormément d'avoir le sentiment de n'être jamais à la hauteur de ses attentes.

Il me quitte à la fin du mois de juin.

Le soir même où je lui dis la vérité, d'une part sur mes finances catastrophiques, mais aussi sur l'identité de Nickolas.

Le mois de juillet 2013 n'en finit pas. Je corresponds chaque jour avec Mathieu. Il me demande des preuves sur tout. Sur ma vie, mes finances, mes amis, ma famille, c'est insupportable. Je suis complètement perdue parce que je ne sais pas ce qu'il attend de moi… Autour du 20, nous nous retrouvons chez moi, et après une balade sur la plage, nous faisons l'amour avec une infinie tendresse.

J'espère de nouveau… Il revient pour la Fête des Baigneurs.

Le Premier week-end d'aout, alors qu'il me fait part de son mal-être, je lui propose un week-end en amoureux.

Nous partons à Saint-Valéry. Je suis heureuse…

Mais mon euphorie est de courte durée. Le samedi soir, il m'annonce qu'il s'est inscrit sur un site de rencontres, et qu'il a eu un flirt pendant le mois de juillet.

Son flirt, c'est Pat, une amie de sa bonne copine Josiane… Depuis le mois de mai, j'ai pris l'habitude de les surnommer ''la moche'' et la ''très moche''.

Je vis très mal cette révélation, je ne cache pas ma colère et ma déception. Mathieu me plante à l'hôtel. Je suis effondrée.

Je rentre à chez moi le dimanche matin en taxi, le cœur brisé.

Le mois d'aout 2013, est particulièrement compliqué.

Un soir, il me dit qu'il va diner chez Jacques et Odile, qu'il ne rentrera pas tard. Je lui téléphone, il se moque de moi, et j'entends derrière lui des femmes qui simulent l'orgasme... C'est un cauchemar...

Quand il rentre enfin chez lui, il est 2 heures du matin ! Il me raconte que Jacques l'a déposé chez lui et qu'il a fumé la chicha.

J'apprendrai plus tard qu'il était en réalité chez son amie Josiane, et que ce que j'ai pris pour des femmes en train de jouir, ce n'était que les filles de quinze ans de l'horrible concierge.

Josiane, toujours elle, c'est incroyable. Chaque fois qu'il y a un coup tordu, c'est cette ignoble bonne-femme qui est derrière. Je ne sais pas si c'est la méchanceté ou la bêtise qui la motive. Un peu des deux sans doute. Comment peut-on laisser deux gamines de quinze ans simuler un orgasme dans le but de détruire une relation entre deux adultes ?

Début septembre, je contacte la fameuse Pat en message privé par le biais de Facebook, j'ai besoin de savoir. Elle est plutôt gentille et tente de me rassurer.

Elle me dit que Mathieu la contacte chaque jour, me lit le sms qu'il lui a adressé le matin même. Elle me transmet également un mail qui date du 17 juillet où il lui avoue ses sentiments et lui demande d'être son avenir. Nous faisions l'amour trois jours plus tard. Je suis effrayée.

Pat décide de lui tendre un piège et me fait écouter leur conversation téléphonique. Il lui jure que ce n'est pas de moi dont il est amoureux. Qu'il n'éprouve rien pour moi, que notre histoire est finie depuis longtemps et qu'elle devrait savoir où est son cœur ... Je suis effondrée.

Elle semble désolée pour moi. Je noie mon immense désespoir dans l'alcool et lorsque Mathieu arrive, je suis ivre morte.

Je finis par m'endormir. Lorsque je me réveille, il est en train d'éplucher mon ordinateur. Mes mails, mes photos, mes messages privés sur Facebook, rien ne sera laissé au hasard.

J'ai envoyé la veille ou l'avant-veille une photo à un ami qui se fait un sang d'encre pour moi.

Sur cette photo, je sors du bain, mes mains cachent mes seins et on ne voit que mon sourire. Aujourd'hui encore, Mathieu me reproche cette photo. C'est ridicule.

Je ne saurai jamais où se trouve le juste milieu entre son amour avoué pour Pat et une photo envoyée à un vieil ami.

Je l'ai entendu clairement dire à une autre femme qu'il n'éprouvait rien pour moi, que c'est vers elle qu'allait son cœur et ses sentiments. Comment peut-il me reprocher une photo...

Ce mois de septembre 2013, je quitte mon bord de mer, abandonnant ma boutique pour suivre mon homme chez lui.

J'ai l'impression que notre amour renait peu à peu. Ce n'est qu'une illusion, tout est très fragile et je suis fatiguée. Je recommence à faire des hémorragies qui me laissent sur les rotules. Mathieu et moi nous disputons beaucoup. J'ai beaucoup de mal à pardonner son mois de juillet et son flirt.

Je n 'ai plus vraiment l'énergie de me battre pour sauver notre amour. Je trouve cette situation injuste. Je n'ai pas eu de ''flirt'' pendant l'été. Je n'ai fait qu'attendre le retour de mon homme.

Le 7 Octobre, il m'annonce par mail qu'il est amoureux de Pat. Je ne suis pas du tout étonnée, je m'y attendais.

Ma famille me supplie d'oublier un peu cet homme qui me torture et de me concentrer sur ma santé. Je me concentre de nouveau sur mes rendez-vous et mes urgences. Je suis dans un triste état. Mathieu voulait également des preuves de ma "maladie", je le lui en donne. Les membres de ma famille refusent par contre qu'on lui communique mes analyses de janvier à mai. C'est selon eux trop facile, ils ont sans doute raison. Je suis un peu perdue parfois.

Je mets ma boutique en vente et je cherche à liquider mon stock. Je me partage entre l'hôpital, les transfusions, Mathieu qui m'en fait voir de toutes les couleurs, et mes allers et retours chez moi au bord de la mer.

Régulièrement, je vois Mathieu et malgré l'omniprésence dans sa vie de Pat et de l'immonde Josiane, nous avons régulièrement des relations très tendres et très intimes. J'emploie volontairement ce terme un peu mièvre, puisque lui de son côté, cavale bêtement après Pat.

Cette dernière lui répète pourtant à longueur de temps qu'elle est promise à un homme invisible. Cette femme est folle amoureuse d'un autre, mais très disponible pour mon homme à mon gout.

C'est chez Josiane que la fine équipe se retrouve régulièrement.

Josiane… J'ai pris l'habitude de la surnommer ''la plaque tournante ''. C'est une incroyable fouteuse de merde.

En février dernier, Mathieu et moi avons pris le thé chez elle. Elle répétait toutes les cinq minutes :

- « On va au concert mon Grand Chéri le week-end prochain… Hein mon Grand Chéri, on y va tous les deux … »

Elle ne se rend même pas compte qu'elle se ridiculise. Mathieu tente de lui expliquer que s'il doit se rendre à un concert, c'est en ma compagnie, mais, Josiane n'est pas intellectuellement outillée pour assimiler ce genre d'information.

Elle propose une seconde tasse de thé à Mathieu, elle fait comme si je n'existais pas et débarrasse de la table ma tasse vide. Ce qui est fascinant chez cette femme, c'est qu'elle donne son avis sur tout et n'importe quoi, et chaque fois qu'il faut un conseil, c'est chez elle que tous et toutes vont le chercher. Elle n'est rien... Elle ne fait rien... Mis à part le fait qu'elle passe ses nuits et ses jours à s'occuper de ce qui ne la regarde pas, Josiane-La-Plaque n'est rien !

Le mois d'octobre 2013 n'en finit plus.

La plupart du temps je suis hébergée par le père de mes filles. Léa est restée en baie de Somme. Je vois mon amoureux chaque jour. Je suis de plus en plus anémiée et de plus en plus fatiguée. Mathieu ne se rend pas bien compte. Seule ma famille comprend que le drame approche. Je cherche du soutien auprès de mes cousines, de mes filles et de mes amis.

Un mardi après-midi, Mathieu me dit qu'il ne considère pas que nous soyons en couple puisque je refuse de lui dire la vérité. Mais quelle vérité nom de Dieu ???

Je lui ai tout dit, même ce qu'il n'aurait jamais dû savoir.

Je lui ai raconté ma vie, celle de ma famille, celle de mes amis... Je lui ai transféré des conversations entre mes proches et moi et ça ne suffit pas. Il me dit que si je lui montre mes comptes, notre amour renaîtra.

Quelle gourde je fais... Je lui montre mes relevés. Je ne sais pas ce qu'il cherche. La situation devient insupportable.

Le 11 novembre, il me laisse seule à la ferme pour aller soit disant voir son salarié. Il me plante là des heures qui me semblent interminables.

J'avale des médicaments et j'appelle le père de mes filles au secours.

Mathieu rentre enfin. Il était chez Pat, elle lui a demandé de l'argent, il est parti payer ses factures.

Pierre, me récupère lessivée, effondrée, brisée. Il croise Mathieu, ils n'échangeront pas une parole, pas un regard.

Je veux rentrer chez moi.

Je prépare le marché de Noël de la ville d'Eu. Cinq jours de travail acharné au contact de la clientèle avec mes deux filles. Une excellente thérapie. Mathieu m'a de toute façon demandé de m'effacer. Il veut retrouver ses enfants et estime qu'en ma présence, c'est impossible. J'ai l'habitude... Je ne me sens personnellement pas responsable de l'éducation de ses quatre monstres. Je disparais donc, tout en sachant que la tribu ne saura feindre bien longtemps une affection pour leur père.

Le Mardi 27 novembre, je reçois de Mathieu un SMS qui me fait très peur.

L'un de ses fils lui réclame la moitié de la ferme. Un odieux chantage, la moitié du patrimoine contre un divorce qui ''se passe bien''... Sale petite ordure !!!!

J'essaie de calmer l'homme que j'aime. Il est inconsolable. Il se met à boire, à me dire qu'il va vider sa pharmacie. Je suis impuissante. Je ne peux prévenir ni sa maman ni sa sœur ainée. Nous essayons mes filles et moi de le raisonner, de lui dire que nous l'aimons et que nous serons toujours là pour lui.

Je finis par envoyer un message à son ami Jacques. Ce dernier me téléphone et je lui explique que Mathieu est ivre mort, que son trou-du-cul de fils a encore fait des siennes.

L'orage passe et je pars relativement sereine travailler sur notre marché. Plus tard Mathieu me reprochera d'avoir voulu me donner un rôle…

J'en ris encore. Ce soir- là, si je n'avais pas mis mon orgueil dans ma poche pour appeler son ami Jacques, personne n'aurait bougé. Ni Josiane, ni Pat...

Nous tenons, mes filles et moi, notre chalet pendant ces longues journées.

C'est fatigant pour moi. Il fait froid et les clients se font rares. Même les achats de Noël sont en crise. Pas facile d'être commerçante pendant cet hiver 2013.

Mathieu me demande de le rejoindre à la ferme pour le week-end. J'accepte avec joie.

Nous nous retrouvons à la gare de Beauvais. Notre week-end est idyllique... Je suis certaine que le cauchemar est enfin terminé.

Le lundi, malgré ma fatigue, je fais à la ferme un ménage de folie. Il est fier de moi. Je suis heureuse. J'ai envie qu'il soit bien avec moi chaque jour que Dieu fait, je veux faire entrer le bonheur dans sa vie. Ce que j'éprouve pour cet homme est incroyable. Je le suivrais au bout du monde s'il me le demandait. Je me damnerais pour vivre à ses côtés. Chaque fois qu'il me regarde, les battements de mon cœur s'accélèrent. J'aime tout de lui, même son caractère de cochon. Je suis bien avec lui, il est mon équilibre.

Auprès de Mathieu, je me sens en sécurité.

Mon immense bonheur sera de courte durée, à la suite d'un texto de Pat ou de Josiane, peu importe, il me jettera dehors une fois de plus.

Nous passons Noël loin l'un de l'autre. Je lui en veux terriblement, j'en ai assez qu'il joue ainsi avec mon cœur.

Le 31 décembre, je suis chez moi et nous correspondons toute la journée. Il me demande de lui décrire dans un mail la façon dont je suis disposée à partager son avenir, je m'enflamme et je mets mon cœur et mon âme à nu. Vers 19 heures, il me dit qu'il sort prendre une coupe de champagne chez Jacques et Odile.

Je promets de l'attendre sagement le cœur battant. J'ai tellement de mots d'amour à lui murmurer.

Il ne rentrera que très tard, me raccrochera au nez en me traitant de cinglée.

J'ai appris dernièrement qu'il avait passé ce 31 décembre en tête à tête avec Pat…

J'attendais bêtement pour rien… J'ai été prise pour une idiote.

Au début du mois de février, après avoir liquidé mon stock, je prends la décision de revenir vivre en Normandie.

Je suis certaine que ma vie sera plus facile si je me rapproche de l'homme que j'aime. Je dois me soigner et mettre fin à mes nuits d'hémorragies et de douleurs.

Mon taux d'hémoglobine en ce début d'année reste préoccupant et je reçois à plusieurs reprises du fer, mais aussi des globules rouges. Je suis épuisée.

Je vois Mathieu tous les jours. Je me rends compte, maintenant que je vis dans la même région que lui, de la proximité de son amie Josiane et de la façon dont cette dernière l'accapare. Il fait le taxi pour les deux filles de cette horrible concierge. Il n'est pas de dimanche matin sans que le fils de Madame "Je ne sers à rien" ne se pointe en terrain conquis à la ferme. Il passe devant moi avec son petit air arrogant sans même un regard, je dois accepter et me taire. C'est insupportable.

En mars, Mathieu ne trouve rien de plus subtil que de faire travailler Odile à la ferme. Il ne semble pas comprendre ma colère.

Il ne réalise pas à quel point la présence de cette femme à ses côtés plusieurs heures par jour m'est pénible.

Il est évident que Madame Odile est éprise de Mathieu et la faire venir à la ferme, c'est faire entrer le loup dans la bergerie.

Au début du mois d'avril, je subis ma première intervention.

Je dois me faire retirer un ovaire et le kyste inquiétant qui est en train de le retourner complètement tout en me faisant atrocement souffrir.

Je suis très nerveuse. Je me dispute avec Mathieu par texto depuis le matin. Il ne trouve pas les mots qui pourraient apaiser ma peur du bloc opératoire. Je le supplie de cesser un peu d'aller prendre ses cafés chez Josiane, mais surtout de demander à Odile de chercher du travail ailleurs.

Je suis tellement nerveuse, tellement angoissée et épuisée que l'infirmière se verra dans l'obligation de joindre Léa au téléphone.

A quelques minutes de mon intervention, c'est ma grande fille qui me console. Je me calme.

A mon réveil, mon état d'esprit n'est pas meilleur. Je ne décolère plus. Je ne supporte plus ces tensions. Ce n'est pas acceptable pour moi de devoir partager l'homme que j'aime de cette façon.

A ma sortie de l'hôpital, je souffre beaucoup. Nous allons directement à la ferme.

Ce n'est pas le week-end le plus romantique de notre relation. Je suis épuisée, et Odile est dans toutes nos conversations.

Mon amour pour Mathieu est intact, je l'aime comme au premier jour, mais je ne le comprends pas. Je ne saisis pas son besoin de s'entourer de gens qui profitent de lui. Odile passe son temps à lui réclamer de l'argent. C'est incroyable. C'est presque de l'abus de faiblesse. Je ne sais pas ce qu'il trouve à cette femme. Sa conversation est inexistante et elle n'est ni drôle, ni jolie. Elle est d'une banalité déconcertante. Quant à Jacques, c'est un pauvre type, il se plaint tout le temps, il ne va jamais bien. Mathieu qui aime les personnes positives est servi avec ces deux phénomènes. J'aurai un jour ces propos très violents :

-   « Odile est une pute, et Jacques est son mac. »

Je me rends compte en ce tout début d'été, que je baigne dans un monde qui n'est pas le mien.

Entre le ''couple maudit'','' l'immonde Josiane'' et les enfants de Mathieu, j'ai bien du mal à trouver ma place.

Parfois, Léa et Claudia sont exaspérées par tout ce cirque autour de moi, mais elles aiment et respectent l'homme que j'aime. C'est sans doute ce que l'on appelle la ''bonne éducation''.

Aux alentours du 20 juin, je rencontre pour la première fois, le Docteur A.

Nous décidons ensemble de la ''totale ''. J'appréhende un peu cette intervention, mais Hakim m'explique que mon utérus représente un réel danger et que l'hystérectomie est LA solution qui mettra fin à mes hémorragies et à presque tous mes soucis.

L'opération est fixée au 8 juillet. Je me pose beaucoup de questions et j'entends un peu tout et n'importe quoi au sujet de cette intervention.

Une femme me raconte même qu'après sa "totale", elle souffrait tellement, que pour la soulager, les infirmières l'avaient pendue par les pieds. Et elle avait ajouté :

- « Ah ma pauvre, vous allez voir, c'est terrible. On ne s'en remet jamais ! »

Je dois avouer que tout ceci m'effraie un peu. Je me souviens de l'été où maman a subi son opération, je n'ai jamais entendu dire qu'elle avait été pendue. Elle souffrait c'est évident, mais elle s'en est remise.

Je dois rentrer à l'hôpital le lundi en fin d'après-midi.

Pendant le week-end, à la suite d'une dispute avec Mathieu, je m'entretiens longuement avec Odile.

Elle me fait des révélations terribles. Entre autre que Mathieu se défend d'être en couple avec moi. Qu'il parle de moi comme d'une ''folle'' qui lui court après…

Elle me met à terre. Je suis effondrée… Une fois de plus… Une fois de trop sans doute…

A quelques heures de mon hospitalisation, je décide de ne pas accorder de crédit à cette femme et de pardonner aveuglément à Mathieu, comme je le fais toujours.

Le lundi 7 juillet, je m'installe avec l'aide de Léa dans ma chambre.

L'anesthésiste est inquiet, je respire mal.

Il me prie de ne plus fumer jusqu'au lendemain matin. Il craint autrement de ne pouvoir m'endormir.

Je passe un long moment d'amour et de tendresse avec Mathieu et je fume cigarette sur cigarette. Je ne sais pas être raisonnable quand il s'agit de réduire ma consommation de tabac.

Je passe une nuit correcte mais je ne peux m'empêcher d'en vouloir à Mathieu. Je me demande à quoi il pense parfois, et s'il mesure le mal qu'il me fait quand il s'amuse à donner de l'importance à de petites dindes telles que cette sotte d'Odile.

Il nous met inutilement en danger. S'il n'y avait pas eu Pat, si Josiane savait rester à sa place, je serais la femme la plus heureuse du monde. Je ne veux pas isoler mon homme dans notre bulle d'amour, mais je reste convaincue qu'il s'attarde sur des personnes toxiques. Il mérite mieux que ces commères de village.

Au petit matin, juste avant l'intervention, nous échangeons violemment en SMS. Je suis terriblement angoissée.

Je ne comprends pas cette manie qu'il a de raconter à cette bande de débiles profondes qu'il ne m'aime pas, ça me blesse.

Il faut que ça change ou je deviendrai folle.

Mon réveil à la sortie du bloc opératoire est pénible et douloureux. Je me sens épuisée, j'aperçois mes filles dans une sorte de brouillard.

J'ai très mal dans le bas du ventre et la sonde urinaire me fait terriblement souffrir. L'infirmière, auprès de qui je me plains de ces douleurs, m'explique que j'ai également une mèche d'environ 65 centimètres dans le vagin.

Mathieu passe la soirée avec moi. Il m'aide à manger. Il est tendre et attentionné. Il me donne beaucoup de son temps. Lorsqu'il me quitte ce soir-là pour rejoindre la ferme, j'aspire à un vrai nouveau départ.

Quand il n'est pas parasité par ses amies diaboliques, il est le plus merveilleux des hommes, et sa compagnie est un enchantement de chaque instant.

J'aimerais vivre à ses côtés en toute quiétude, mais j'ai peur. Je suis dévastée par la peur. L'épisode "Pat" est encore présent dans mon esprit. Quant à Odile, je vais avoir du mal à oublier sa présence et tout ce qu'elle m'a dit. J'ai besoin que Mathieu me rassure. J'ai besoin de lui et de son amour. J'ai besoin de certitudes.

Je passe la semaine à l'hôpital.

Le vendredi, Hakim m'annonce que je peux enfin sortir. Il m'explique que je ne dois pas avoir de rapports sexuels pendant un mois.

Je n'ai pas de douleurs insoutenables mais je me sens juste fatiguée. J'appréhende un peu ce mois d'abstinence. Mathieu a un réel besoin des plaisirs du corps. Le repos du guerrier est vital pour lui.

Il aime mon corps, ma peau, mon odeur. Il aime par-dessus tout me faire l'amour. J'aime ses caresses, ses baisers tendres et fougueux à la fois. Nos deux corps sont fait l'un pour l'autre c'est une alchimie incroyable. Un déferlement de sensualité, de douceur et d'érotisme.

Un dimanche matin, après une dispute stupide, je constate que Mathieu a une nouvelle '' Amie'' sur Facebook, une ''Pat-Banquise''... Une gamine ultra-maquillée aux décolletés racoleurs.

Je lui demande où il a été la trouver. Il ne se démonte pas.

- « Elle s'occupe des chevaux, toi tu as peur... Tu veux t'occuper des chevaux ? »
- « Non Mathieu, je ne veux pas m'occuper de tes chevaux, et ta nouvelle Pat, elle est là depuis combien de temps ? »

Je suis furieuse. Cela ne s'arrêtera donc jamais. Cette petite peste va pourrir mon été.

Mathieu se sert d'elle pour me blesser. Elle est ma punition. Cette petite sotte se prête stupidement à ce jeu grotesque. Elle a la réputation de se donner sans pudeur aucune à tout ce qui bouge... Sa présence ne me rassure pas.

Je m'essouffle. Je n'en peux plus de cette relation.

Mathieu voudrait que je vienne vivre à ses côtés. J'en meurs d'envie, mais j'aimerais qu'il fasse un peu le ménage autour de lui.

Je ne peux pas vivre dans un endroit où je risque de croiser La Banquise et son troupeau de dindes. C'est impossible pour moi.

En fait, je ne sais pas comment Mathieu choisit ses amies. C'est un mystère pour moi.

Je suis sans doute stupide, mais je me sentirais très mal si j'apprenais que je sème la discorde dans un couple.

Les copines de Mathieu, ça ne les gêne pas, ça les fait même ricaner. Je me souviens d'un dimanche après-midi où nous étions bien tranquilles en amoureux, lorsque nous avons entendu les bécasses sous nos fenêtres.

Elles ramassaient des feuilles... En gloussant... Un dimanche... Sous nos fenêtres...

Il y a des fois où j'hallucine.

Ces situations, sont tellement grotesques que je devrais en rire, mais ça ne m'amuse pas. Et Mathieu ne comprend pas que cette succession d'incidents plus stupides les uns que les autres fait que je reste sur ma réserve. Je mets un frein à mes élans d'amour parce que tout ceci me gêne.

Je voudrais lui donner tout mon temps, me lover dans ses bras, lui murmurer des mots d'amour... Mais je me retiens.

Je me retiens, parce qu'il ne se rend pas compte que ce que lui, nomme ''des broutilles'' me déplait et me blesse.

Mathieu n'aurait jamais supporté un flirt dans ma vie. Ni l'équivalent masculin d'une ''Odile'' ou d'une ''Josiane''. Ni l'intrusion d'une ''banquise''... Il n'aurait pas supporté de m'entendre déclarer mon amour à un autre.

Je suis à LUI... Mathieu ne me partage pas !

J'oublie peu à peu mon intervention du mois de juillet et je constate avec bonheur que mon corps fonctionne bien.

Je n'ai rien perdu de ma libido et je prends toujours autant de plaisir à me donner à Mathieu même si nos étreintes se font rares.

Je suis fatiguée. Je m'essouffle.

J'ai en permanence la sensation d'étouffer.

Je perds mes forces.

Je perds aussi l'envie de me battre pour garder l'homme de ma vie.

J'ai l'impression que quelque chose ne va pas en moi. Je me sens très fatiguée, pourtant mes hémorragies ont disparu.

Je prépare tant bien que mal nos marchés de Noël. Mathieu m'est d'une aide précieuse.

Il se montre gentil et prévenant. Nous irons même passer un week-end chez ma cousine Isabelle.

C'est important pour moi, car je ne vois que très rarement ma famille et cela me manque terriblement.

Je suis très proche d'isabelle et de Thierry, son adorable mari. Grâce à Mathieu, je passe un tendre moment avec ma chère cousine.

Le premier week-end de décembre, nous partons le samedi midi nous installer pour un marché de Noël.

Léa doit me rejoindre dans l'après-midi.

Je ne me sens pas bien, j'ai du mal à respirer. J'attends la fin de journée avec impatience. J'ai besoin de dormir.

Vers 18h00, nous prenons avec ma fille ainée la décision de fermer notre stand.

En quittant la salle des fêtes, je me sens vraiment très mal, j'embrasse à peine les enfants. Je grimpe difficilement dans le Traffic de Mathieu, nous prenons la route de la ferme, je cherche ma respiration.

A notre arrivée, je reste prostrée dans la cuisine de longues minutes.

Mathieu me propose une coupe de champagne, j'allume une cigarette.

A la première gorgée, je me précipite à la fenêtre, je suffoque !

Il m'est devenu impossible de respirer, je supplie Mathieu d'appeler les pompiers.

Ces derniers préviennent le SMUR. Mathieu me tend le combiné pour que j'explique ce que j'ai au Docteur.

Je m'agite :

- « Mais merde je vais crever !!! On s'en tape que je sois bleue ou verte !!! »

C'est la panique, j'ai la réelle sensation que je vais mourir, là, pliée en deux dans cette cuisine au beau milieu de nulle part.

Les pompiers arrivent. Ils me donnent de l'oxygène, je respire.

Je me calme, je reprends une couleur humaine. Ils m'allongent dans la grande salle à manger de la ferme. Les urgentistes de l'hôpital arrivent à leur tour.

Je m'apaise, je les connais bien. Ils font partie de ma vie, de mes soins. Le Médecin Chef sourit et lance aux pompiers :

- « Là messieurs, la négociation va être compliquée, je connais bien la dame... »

Il m'explique, que pour une fois, il serait judicieux que je ne fasse pas de résistance et que je les suive à l'hôpital pour faire les examens qui s'imposent.

- « Soit c'est une bronchite aigue et dans deux heures vous rentrez, soit, c'est plus compliqué et nous vous garderons un peu. Vous avez eu des malaises ces derniers temps ? Des troubles ? ».

Et là, médusée je regarde Mathieu intervenir :

- « Une fois, elle a fait une crise d'épilepsie… ».

Je ne réagis pas, je suis trop fatiguée.

Je rassemble mes affaires, je me décontracte un peu. Et soudain, je fais volte-face :

- « Non mais qu'est-ce qu'il raconte l'autre que je suis épileptique ??? Il ne va pas bien, je n'ai jamais été épileptique de ma vie ! C'est une crise de tétanie que j'ai faite ! Il dit n'importe quoi !!! »

L'urgentiste rigole, il trouve que je vais déjà mieux.

Dans le véhicule des pompiers, je plaisante avec le jeune volontaire qui m'accompagne. Il est gentil. Je lui dis que je suis certaine que ma nuit va être longue et que je ne finirai pas ma coupe de champagne ce soir. Il me rassure.

Non loin de l'hôpital, malgré la fatigue et la peur, j'éclate de rire :

-   « Non mais quand je pense que l'autre fou, il raconte que je suis épileptique...Je ne m'en remets pas. ».

A l'hôpital, je suis prise en charge très rapidement.

Immédiatement placée sous oxygène, les examens commencent. Une prise de sang, j'ai horreur de ça. Une radio des poumons. Puis, on me parle de gazométrie artérielle. Je panique un peu, je ne connais pas cet acte. Le jeune infirmer m'explique qu'il s'agit de prélever du sang dans une artère, c'est indispensable pour évaluer mes fonctions respiratoires. Il m'annonce que c'est douloureux et qu'il n'a pas l'habitude de pratiquer cet examen.

Je l'engueule, je n'ai pas l'impression qu'il ait l'habitude de pratiquer beaucoup de choses celui-là, je le prends en grippe.

Je devais apprendre quelques temps plus tard qu'il avait donné des informations sur ma santé au fils de Mathieu.

Je refuse qu'il me touche. Je refuse qu'il s'adresse à moi, c'est la douce Magalie qui prend le relais.

Elle parvient à me calmer et à me rassurer. Le prélèvement se passe bien.

L'attente de tous les résultats me semble interminable. Je plaisante avec un aide-soignant et tente de relativiser un peu la situation.

Puis le Médecin urgentiste revient avec mes résultats, il a un air grave que je n'aime pas du tout.

Il s'assied près de moi et m'explique que c'est grave, que je dois rester quelques jours pour consulter un pneumologue.

D'après les premiers examens pratiqués aux urgences, je souffre de BPCO.

Autrement dit, une pneumopathie chronique qui altère les fonctions respiratoires. C'est irréversible et ça ne se guérit pas.

La BPCO est une maladie très grave et souvent ignoré du grand public. Malheureusement, elle est détectée quand les dégâts irréversibles sont déjà importants.

La Broncho Pneumopathie Obstructive Chronique, est aujourd'hui la 2ème maladie respiratoire après l'asthme et la 6ème cause de mortalité en France. C'est incroyable, car avant d'en être atteinte, je ne connaissais pas cette pathologie.

Elle sera la 3ème cause de mortalité dans le monde en 2020, c'est à dire demain ! La cause première et principale de la BPCO est le tabac, dont les méfaits ne se réduisent pas au seul cancer du poumon, mais la plupart du temps à une insuffisance respiratoire sévère.

A elle seule, la BPCO entraîne chaque année en France, 17 000 décès. Soit environ quatre fois le nombre de personnes qui meurent d'un accident sur les routes de France.

C'est une maladie terrible qui représente pour celui qui en est atteint un réel handicap au quotidien.

Il m'explique que je dois cesser de fumer afin que la maladie n'évolue pas.

Il fait entrer mon compagnon. Les larmes ravagent mon visage. Mathieu me prend dans ses bras, nous lui expliquons que je vais rester là quelques jours.

Seule, dans ma chambre j'ai dû mal à trouver le sommeil. L'infirmière me parle longuement et m'explique que malgré l'apport permanant en oxygène, elle doit surveiller mes constantes toutes les heures, c'est-à-dire ma tension artérielle, ma température et ma fréquence respiratoire.

Le lendemain matin, je ne descends même pas fumer, j'ai compris le message. Je suis fatiguée. Avant de repartir vers Amiens, les enfants viennent m'embrasser.

Mathieu reste avec moi. Notre vie de couple est difficile en ce moment. Mais ce soir je m'accroche à sa main, à son regard. C'est lui qui mange ce qu'il y a sur mon plateau-repas, je n'aime rien. Lui, je le soupçonne d'aimer ce qu'on sert ici et nous en rions ensemble.

Le lundi, je rencontre l'addictologue ... Nous parlons de mon histoire d'amour avec le tabac et je n'ai plus le choix que d'arrêter de fumer. Après son départ on me fait mettre un patch. Je parle également avec le psychologue... Enfin non, je ne lui parle pas, je l'engueule.

Je suis fatiguée, j'ai peur, et ce grand type chauve me parle comme si j'étais débile. Il me demande si je suis en train selon moi de faire une crise de manque.

Je me lève comme une furie, j'attrape mes cigarettes, sors de la chambre en lui lançant :

- « Elle ne va pas durer longtemps ma crise mon pote ! ».

Je suis furieuse.

Il m'interpelle dans le couloir, je l'assassine d'un regard noir en lui montrant mon index tendu.

Dans l'ascenseur, j'ai déjà honte.

Je prends un café long sucré au distributeur et je sors allumer ma fichue clope. Ma première Winston longue depuis le samedi soir à la ferme. Je prends une première bouffée, je tousse comme une perdue, j'ai mal aux bronches, je l'écrase dans le cendrier.

Je remonte dans ma chambre. Une petite blonde qui est en train de faire mon lit sursaute et me dit :

- « C'est vous qui avez fait un doigt d'honneur au psy ? ».

Elle est pliée de rire.

Je me marre aussi. Quelle honte ! Je me dis que c'est d'une classe folle de faire un tel geste...

Le mardi matin, je rencontre le pneumologue. Il me confirme la BPCO, programme un scanner et m'ausculte. Je respire mal.

Mathieu est au petit soin. Il est adorable, se met en quatre pour me faire plaisir et apaiser mes inquiétudes. Une seule ombre à ce tableau idyllique : Sa chère amie Josiane, qui, par je ne sais quel bruit de couloir, le sait seul le soir et le harcèle pour qu'il partage ses repas.

Il me rassure à chaque instant et me répète son amour.

Le mercredi, l'infirmière m'annonce que je vais devoir subir une bronchoscopie. Je m'affole un peu, elle m'administre un calmant.

Les assistantes du Docteur L. viennent me chercher. Elles essaient de me mettre en confiance, et m'expliquent que la bronchoscopie est un acte un peu pénible, mais que tout va bien se passer.

L'examen consiste à passer une petite caméra dans une narine pour descendre dans les bronches afin d'en déterminer l'état. Elle est souvent accompagnée d'une biopsie.

Le premier passage est vain et particulièrement pénible pour moi. J'ai oublié de préciser au praticien que j'ai eu le nez cassé. Il change de narine et tout se passe au mieux. Quand il termine, je saigne du nez et crache du sang. Je m'en excuse auprès de lui et pour la première fois je le vois sourire.

Il caresse ma main :

- « Ne vous excusez pas, vous avez été très courageuse. Une fois de retour dans votre chambre, essayez de vous reposer un peu, c'est un examen éprouvant.»

J'ai envie de pleurer. Parfois je me laisse envahir par la peur et me pose mille et une questions.

Le jeudi, c'est le scanner, et quand l'infirmière me fait une injection, je m'effondre, je laisse éclater mon chagrin. Elle me console, je prends sa main et lui confie mes appréhensions, ma fatigue, mes enfants qui me manquent, je vide mon cœur. De mon moment d'égarement va naitre entre elle et moi une grande tendresse et une précieuse complicité. C'est cela aussi la vie à l'hôpital...

Le vendredi matin, je suis convaincue que je vais sortir dans la journée. Je me sens bien. Je ne fume que quatre ou cinq cigarettes par jour. Je suis très fière de moi. J'ai envie de passer la soirée avec ma Claudia. Nous avons un marché de noël ce week-end.

Lorsque je demande à l'infirmière l'heure de ma sortie, elle fait une drôle de grimace.

- « Vous devez avant voir le Docteur L., alors restez un peu tranquille. Pour l'instant, il n'est pas question de sortie. ».

Je m'affole. Je surprends l'équipe médicale dans le couloir. J'appelle Mathieu pour lui faire part de mon angoisse.

Je pleure et j'ai une sorte de mauvais pressentiment.

Les minutes sont interminables, je sens la panique me submerger.

Le pneumologue entre enfin dans ma chambre, il est accompagné du jeune interne, ils sont livides. Je m'assieds en tailleur sur mon lit :

- « Bonjour Madame. Nous avons un souci, comment vous dire... La BPCO, nous en sommes certains, vous l'avez bien compris. Mais voilà, le scanner laisse apparaitre des taches inquiétantes ».
- « Comment cela des taches ? Des tumeurs cancéreuses ? »
- « Non, pas des tumeurs, nous pensons davantage à des métastases, enfin nous ne sommes pas certains, nous allons approfondir les examens. Vous comprenez ? »

Mes mains tremblent, je sens la sueur couler le long de mon dos, j'ai de nouveau l'impression d'étouffer.

- « Non je ne comprends rien ! »
- « Calmez-vous nous sommes inquiets mais nous allons chercher et trouver. »

Me calmer ? Il n'est pas question que je me calme ! J'éclate en sanglots... Il ne manquait plus que ça...

Et Mathieu qui ne répond pas au téléphone. Je n'en peux plus... Il est en train de finir son marché le pauvre et sous une pluie battante. J'ai besoin de ses mots et de sa présence.

Le Tep-scan est programmé pour le mercredi d'après, une semaine avant Noël.

Quel magnifique cadeau...

L'attente est insupportable.

Le mardi soir, il est prévu que Mathieu dorme chez moi.

Nous nous couchons très tôt, je dois être à l'hôpital à 7h00 le lendemain matin. Je suis angoissée et j'ai un mal fou à trouver le sommeil.

Alors que je somnole, le téléphone mobile de mon compagnon vibre. Je sursaute et me demande qui peut le contacter à plus de minuit. Je suis contrariée. Le téléphone de Mathieu vibrera six fois.

Au petit matin, avant l'un des examens, le plus important de ma maladie, je lui demande qui lui envoie des SMS la nuit... Sa réponse m'arrive comme un coup de poing dans la gueule :

- « Ah ... C'est Josiane, elle me parlait sur Facebook... »
- « Tu ne l'avais pas bloquée ??? Comment peut-elle te contacter ? »
- « Tu veux qu'on parle de tes mensonges ??? »

Et voilà, fin de la discussion…

La gorge nouée et des larmes dans les yeux, je pars pour l'examen qui déterminera la gravité de mon état de santé…

Dans l'ambulance qui me conduit vers Creil, je suis très anxieuse. Je pleure. J'en veux à Mathieu.

Certes, par le passé, il m'est arrivé de lui cacher des vérités, mais ce matin j'aurais aimé que pour une fois il assume que son amie Josiane est d'une lourdeur insupportable.

Le Pet-Scan sert à détecter une tumeur cancéreuse et/ou des métastases, et à surveiller leur évolution. Une tumeur cancéreuse n'est pas une masse inerte. C'est un amas de cellules qui se divisent de manière rapide et incontrôlée et consomment beaucoup d'énergie. Une tumeur ou une métastase est donc une zone à haute activité métabolique.

Le médecin spécialiste en médecine nucléaire commence par m'injecter un isotope dans le corps. L'isotope va se fixer sur les masses anormalement actives. Cette étape peut prendre un certain temps (une à deux heures). Le temps me semble long, il ne faut pas bouger et il est souvent conseillé de ne penser à rien. Ce n'est pas évident en ce qui me concerne.

Ma dispute de ce matin avec Mathieu est encore présente dans mon esprit. Je ne comprends pas ce qu'un homme aussi brillant que lui a de commun avec cette Josiane qui ne vit que pour ses ragots et faire le mal autour d'elle.

Je n'ai même pas le droit d'envoyer de SMS et ça m'agace.

Le médecin vient enfin me chercher dans la petite cabine sombre, il me demande de m'allonger sur la table du PET Scan. C'est une machine semblable à un gros Donut, et pendant un temps incroyablement long, je passe à travers le tube. Celui-ci contient une série de capteurs sensibles au rayonnement radioactif de l'isotope. Troisième étape, sur la base des données enregistrées, de puissants ordinateurs reconstruisent les images finales.

J'ai froid et je n'aime pas du tout cette sensation. D'autre part, avec la BPCO, la position imposée par la rigueur de l'examen m'est très désagréable. J'ai beaucoup de mal à trouver ma respiration.

Je rentre enfin à l'hôpital… Je suis épuisée et surtout affamée… Je dois attendre la visite du Docteur L.

Le service me fait porter un repas léger, viande froide, salade et compote. Les repas servis dans les centres hospitaliers ont toujours été un mystère pour moi, je ne comprends pas comment on peut proposer des mets aussi mauvais. Il est dit qu'il faut manger pour vivre et surtout guérir... Si les hôpitaux pouvaient faire un petit effort ce serait magnifique. Les plateaux servis, ne donnent pas l'envie de manger.

Mon pneumologue arrive enfin.

- « Le service de médecine nucléaire de Creil, vient de me faxer vos premiers résultats. Vos poumons laissent apparaitre quelques micros-nodules et de nombreux emphysèmes. Par contre nous nous orientons vers une pathologie plus sérieuse des os et du sang. »
- « Vous pensez que c'est grave ? »
- « Nous sommes préoccupés. Mais vous êtes entre de bonnes mains... »

Ce soir-là, je passe la soirée avec Claudia. En la regardant s'endormir, je caresse sa petite main et je décide que plus jamais je n'allumerai une cigarette de ma vie.

Je pense que je suis rassurée de ne pas souffrir d'un cancer des poumons. C'est fou, mais je focalise sur cette seule pathologie.

J'achète une cigarette électronique, et je tiens ma promesse. Je ne fume plus. Il m'est devenu insupportable d'être en présence de fumeurs. Je déteste l'odeur et la fumée me rend malade. C'est un comble, pendant près de 30 ans, j'ai fumé deux paquets de ces cochonneries chaque jour. C'est énorme… C'est beaucoup trop…

Mes médecins m'encouragent vivement à continuer avec la cigarette électronique. A ce jour, malgré un retour quasi-inexistant, elle demeure moins toxique que la cigarette traditionnelle.

J'ignore encore le mal qui ronge mon corps. J'ai oublié depuis un certain temps mon hémopathie. Je suis convaincue que les transfusions de plaquettes et autres globules rouges ont eu raison de cette maladie qui m'a épuisée en 2013.

Je ne me rends pas bien compte.

J'ai conscience que je peux souffrir d'une maladie grave, mais j'ai encore la certitude que ça n'arrive qu'aux autres.

Je dois voir le Docteur R.B le mardi 30 décembre.

En attendant cette échéance, je m'efforce de préparer Noël, mais le cœur n'y est pas.

Je ne cesse de me disputer avec Mathieu. Je ne supporte plus ses reproches à propos de tout et de rien. Il a l'art et la manière de me rendre coupable de tout. Je ne comprends pas pourquoi cet homme qui a tout mon amour, toute mon affection et toute mon attention s'égare inlassablement sur des détails stupides qui freinent notre relation chaque jour un peu plus.

Je n'ai plus la patience de m'expliquer à propos de tout et de n'importe quoi. Je trouve usant de devoir justifier de mes amis, de mes faits et gestes alors que lui-même a tous les droits.

Je dois me taire et m'effacer face aux délires permanents de son amie Josiane, je dois accepter l'intrusion de deux petites pestes à la ferme. Elle s'occupent des chevaux, je n'ai donc rien à dire.

Rien à dire non plus quand ces jeunes filles ricanent sottement le dimanche après-midi sous ses fenêtres.

A force de ne rien dire et d'endosser toutes les responsabilités de nos querelles, je m'épuise.

La veille du réveillon de Noël, je demande une trêve à Mathieu. Je lui exprime mes inquiétudes quant à ma santé et le supplie de mettre un peu Josiane et les gamines en veilleuse.

Dans un moment de colère que je regrette amèrement aujourd'hui, je lui lance, agressive :

- « Si nous devons nous prendre la tête toute la soirée, alors ne viens pas ! »

Le réveillon doit avoir lieu chez moi, avec ma fille, son père, son amoureux et Mathieu s'il veut bien cesser de m'agacer avec son harem.

En fait, il a trouvé la faille en moi. Il a bien compris que chaque fois que son intérêt se porte sur une autre femme, je redouble d'attentions.

Je ne veux pas perdre l'homme que j'aime, mais plus le temps passe et plus ce petit jeu me tue.

Je passerai le réveillon de Noël sans lui. Et ça m'attriste beaucoup. Mathieu ne me le pardonnera pas.

De mon côté, avec le recul, je me dis que j'aurai dû passer cette soirée de Noël à ses côtés. Mais à quoi bon.

Il n'a jamais su effacer l'immonde Josiane de notre vie. Elle est toujours revenue, comme une sorte d'herpes qui ne se soigne pas.

Cette femme est le virus de notre relation et ce qui m'attriste, c'est que Mathieu est incapable d'admettre que j'ai raison.

Je me rappelle souvent que dans sa procédure de divorce, le nom de la sangsue, revient régulièrement dans les attestations à charge.

Je ne sais pas s'il comprendra un jour que cette garce est une entrave à son bonheur, que ce soit avec moi ou avec une autre.

Le samedi suivant, nous dinons avec l'un de mes amis et j'exprime mon manque d'amour. Il est évident que je ne saisis pas la façon dont nous nous aimons. Je suis sure de mes sentiments, je suis certaine que cet homme est mon avenir et je veux vieillir avec lui.

Cependant, je suis arrivée au bout de ce jeu stupide qui consiste à entretenir ce comportement d'adolescents attardés.

Mathieu n'a connu vraiment que deux femmes dans sa vie. Marie-Ange et moi. De ce fait, j'ai parfois envie de lui expliquer comment fonctionne une vraie femme, une femme digne de ce nom. Il a connu Marie-Ange très jeune, ils ont fait leur premier enfant et se sont mariés beaucoup trop tôt. Il ignore tout de la séduction.

C'est un homme d'une générosité sans limite. Mathieu donnerait sa chemise. Il est sensible, drôle, tendre et attentionné, mais il a gardé ce côté stupide des adolescents amoureux, d'appliquer à la lettre la Loi du Talion. Il me blesse en me rendant jalouse, en m'agaçant bêtement, et il ne se rend pas compte que c'est en train de nous perdre. Je me souviens de Marie-Ange qui dansait de façon très équivoque avec mon mari... Elle s'amusait à narguer son propre époux, un jeu stupide qui n'appartient qu'à ceux qui n'ont rien compris à l'amour.

Ce samedi soir, il partira tard dans la nuit, non sans avoir fouillé dans mon téléphone. L'un de mes vieux amis complètement déprimé m'a écrit dans un texto, qu'il aimerait s'allonger à mes côtés. Je n'ai pas répondu à ce message. Je me suis juste contentée de rassurer mon ami en l'appelant quelques minutes.

Mathieu est furieux et se servira longtemps de cet échange banal pour m'accabler.

Le Dimanche matin, Josiane et les deux jeunes filles qui s'occupent de ses chevaux sont de nouveau dans ses contacts Facebook. Il a même recontacté son flirt de 2013.

Rien n'est laissé au hasard pour me blesser.

Entre Noël et le jour de l'an, je n'ai pas de répit, la valse des examens continue.

Je rencontre Riad B. L'hématologue.

Nous nous connaissons déjà, mais ce mardi matin je perçois de l'inquiétude dans son regard sombre. Il me prescrit des radios et des analyses de sang en urgence. Je m'exécute, ai-je seulement le choix ?

Je me fais beaucoup de soucis, le pire, c'est l'attente. Ne pas savoir ce que cachent mes douleurs et ma fatigue me perturbe et me rend infiniment triste.

Dans mon fort intérieur, j'espère que Mathieu et moi parviendrons à nous retrouver le soir du 31 décembre.

Le mercredi, Il vient prendre un café dans l'après-midi. Je lui demande de venir partager une bouteille de champagne avec moi.

Il m'annonce maladroitement :

- Je ne sais pas chérie, Mon psy m'a proposé de passer chez lui et Josiane m'a demandé de diner au restaurant chinois.

Je suis anéantie… Josiane… L'immonde Josiane… Toujours là… A l'affût d'une bonne occasion…

Dans la foulée, Mathieu me parle de choses que j'aurais écrites sur Facebook contre lui, j'aurais eu à son encontre des propos violents. La source de ces révélations passionnantes est bien-sûr la fille de quinze ans de Josiane… J'hallucine… Il me dit qu'il n'a pas encore vu les échanges de SMS entre gamines immatures et stupides et qu'il ne souhaite pas les voir, qu'il est au-dessus de tout cela et qu'il s'en fiche…

Mais comment peut-on accorder une quelconque importance aux propos stupides d'une petite fille de quinze ans ? Petite fille paumée et livrée à elle-même de surcroît.

- « Tu sais mon cœur, je te fais le pari qu'elles trouveront un moyen de te garder ce soir, elles vont inventer des choses qui n'existent pas. Ne dis surtout pas que tu comptes me rejoindre après le restaurant. Je connais Josiane et ses deux diablesses, elles sont capables de tout. »

- « Je n'aime pas quand tu parles ainsi, personne ne me retourne le cerveau... »

Je confie mes clés à Mathieu, nous échangeons un baiser tendre et il me promet de revenir vers 22h00.

Je suis heureuse et euphorique... Je me promets que cette soirée sera grandiose.

J'ai envie d'être belle, sexy, tendre et câline. J'ai envie de combler l'homme que j'aime. Je me sers un verre de rosé bien frais et j'élabore le sourire aux lèvres le déroulement de la soirée. Je rêve de câlins et d'étreintes torrides. Je suis aux anges, j'aimerais tant commencer cette nouvelle année en beauté.

Vers 19h00, Mathieu revient déjà, il est furieux. Il me montre des captures d'écran, me parle de statuts "Facebook".

Les petites pestes et leur garce de mère ont gagné, Il ne reviendra pas.

Je suis effondrée… Je me demande si cette femme, qui n'a franchement rien pour elle, se rend compte de ce qu'elle fait. Je la sais complètement stupide et sans aucun scrupule, et ce soir je trouve cela inadmissible.

Cette femme est le diable en personne. Elle est aussi laide dehors que dans le fond de son âme, c'est un monstre. Sait-elle seulement à quel point je souffre ? A-t-elle conscience que chacun de ses coups tordus, de ses mensonges et de ses ragots me met à terre.

Je me demande souvent quelle est sa malsaine motivation à nous séparer Mathieu et moi. C'est immonde de faire le mal à ce point.

Je passerai la soirée seule, à pleurer, ayant même l'envie d'en finir. Je monte dans ma chambre, je préfère dormir et éteindre mon téléphone.

Mathieu me laissera des messages, je ne les lirai qu'à mon réveil et ne répondrai que tard dans la matinée. Je lui en veux énormément.

Comment cet homme, que je considère comme un individu exceptionnellement juste et bon, peut être à ce point manipulé par une femme aussi mauvaise et insignifiante que Josiane.

Ils n'ont rien en commun.

Mathieu s'est vengé de la pire façon qu'il le pouvait, du 24 décembre que j'ai passé avec ma fille et son papa.

Quelque chose s'est cassé à jamais en moi et j'ai la certitude que jamais, ni son amie, ni ses horribles gamines ne nous laisseront en paix.

Le 6 janvier, je dois revoir l'hématologue pour que nous fassions la synthèse de mes derniers examens.

J'apprécie beaucoup cet homme et notre complicité m'aide à accepter les épreuves. Il me fait entrer et m'invite à m'asseoir face à lui.

Je n'aime pas son air grave. Il me regarde droit dans les yeux. J'ai très peur de ce qu'il va me dire :

- « Est-ce que vous savez ce qu'est un myélome ? »
- « Oui bien-sûr, je suis allée voir sur internet et ça me fait un peu peur. »
- « Parfait, donc à partir de maintenant, je vous interdis d'aller 'voir' sur internet. Vous n'êtes pas médecin, donc pas préparée pour comprendre ce que vous y trouverez. Suis-je clair ? »
- « Oui Docteur B. »
- « Je vous fais peur ? »
- « Je n'ai pas peur de vous, j'ai peur de ce que vous allez me dire, et j'ai peur aussi de mourir. »

Il me regarde, il a presque l'air attendri. Je baisse les yeux pour qu'il ne voie pas que je pleure. Il se lève et vient se poster derrière moi. Il pose ses deux mains sur mes épaules.

- « Vous êtes touchante quand vous pleurez. Est-ce que vous acceptez que nous fassions équipe ensemble ? »
- « Oui Docteur B. Je veux faire équipe avec vous.

Il retourne s'assoir face à moi. Il reprend mes analyses. »

- « Vous souffrez d'un myélome multiple. C'est un cancer de la moelle osseuse, vous comprenez ? »
- « Non, je ne comprends pas. Je vais mourir ? »

Il éclate de rire. Le Docteur Riad B. se marre sans arrêt et ça lui va bien. Je le trouve rassurant et très séduisant.

- « Si vous ne me lâchez pas, jamais je ne vous lâcherai Sandrine. Je ne veux plus vous entendre parler de la mort. Le myélome se soigne et pour mettre en place un protocole pour

vous guérir, nous allons pratiquer un myélogramme. »
- « Je ne veux pas le faire si ça fait mal. »
- « Alors, on va se mettre au point. Le myélogramme est douloureux, très douloureux même, mais nous n'avons pas le choix. Et c'est une première étape, vous aurez bien d'autres étapes douloureuses. »

Nous nous séparons, le myélogramme est fixé pour le jeudi à 10h00 à l'hôpital de Pontoise.

Je rejoins Mathieu devant la machine à café du hall.

J'ai du mal à respirer, je suis sous le choc. Il pose une main sur mon épaule. J'aurais voulu qu'il me prenne dans ses bras, il n'en fera rien.

Nous partons déjeuner en ville. Je suis dépitée... Un myélome multiple... C'est un cancer hématologique qui se forme dans la moelle osseuse. Nous devons déterminer le stade de la maladie avant de s'alarmer. J'ai peur. Je pense à mes filles.

A chaque étape, je m'arme de courage pour leur expliquer l'inacceptable.

Léa pleure souvent au téléphone et ça me déchire le cœur. J'aimerais être digne et rassurante mais malgré moi je perds pied plus souvent qu'à mon tour.

Quand je suis seule, je pense à maman et à son courage. Je ne suis pas certaine de parvenir à surmonter tout ceci. Je me trouve pitoyable, douillette et ridicule.

Chaque matin, je me promets de me ressaisir et chaque soir, je me couche brisée.

Je ne me reconnais pas...

Elle a l'air malin "Iron-Girl" !

Je ne reconnais pas mon corps. Je me demande à qui appartient ce corps maigre à la peau rougie par je ne sais quelle saloperie.

J'ignore qui est derrière ce regard triste et abattu.

Je sombre… Je sombre et je ne dis rien. Je m'enferme dans mes frayeurs et mes tourmentes.

Mathieu s'éloigne peu à peu.

Je n'ai pas les mots, je ne connais pas les mots pour appeler ''Au secours''…

Existent-ils seulement ces mots ?

Mathieu me propose de me conduire à Pontoise le jeudi matin. Je suis consciente que pour lui, la situation est difficile, mais parfois j'ai du mal à le comprendre. En ce début d'année, il me déroute.

Depuis nos fêtes de Noël catastrophiques nous nous déchirons à longueur de journées… Je n'arrive plus à contrôler mes angoisses et il en joue. Il m'a toute entière à sa merci.

A Josiane, à la Banquise, est venue se greffer sur Facebook, une espèce de grosse blonde vulgaire. C'est une copine de Mathieu, elle s'occupe des chevaux elle aussi... Il y a deux chevaux à la ferme, ça nécessite donc deux dindes pour les soigner... Quoi de plus logique.

Elle est merveilleuse cette énorme blondasse, car elle fait encore plus fort que la Banquise, elle n'hésite pas à se faire photographier dans la cours de la ferme.

Ca me dépasse ! Comment l'homme que j'aime peut-il laisser faire de telles gamineries.

Je ne sais pas si tout ce petit monde se rend bien compte de ce que je suis en train de vivre, que chaque jour je lutte contre l'angoisse, le stress et la douleur.

Il ne me viendrait jamais à l'idée de faire le mal gratuitement. J'aime quand les gens sont heureux. Et je n'ai jamais convoité ni détruit le bonheur des autres. Pour les amies de Mathieu, me faire mal est un jeu. Un peu comme si elles ne me considéraient pas comme un être humain. Elles agissent comme si je n'existais pas. Tous les coups sont permis. C'est d'une cruauté sans nom.

Avant le myélogramme j'ai très peur, cet examen m'angoisse terriblement.

Nous arrivons dans le service du Docteur B., je lève les yeux et je lis '' ONCO-HEMATOLOGIE''.

Je panique et je pense en silence :

- « Et ça y est... j'y suis... »

J'ai envie de pleurer. Mathieu ressent ma détresse. Riad nous rejoint, il trouvera les mots pour m'apaiser et me mettre en confiance. Riad est de ces médecins qui savent donner le temps et les gestes indispensables au moral de ses patients. C'est un homme formidable.

L'examen est très douloureux. Il consiste, à l'aide d'une aiguille impressionnante à prélever un peu de moelle osseuse. J'ai une sensation horrible. Le sentiment que mes organes vont être aspirés par cette seringue.

Je garderai cette douleur pendant plusieurs jours.

Je suis de plus en plus fatiguée et j'ai cette désagréable impression d'avoir mal partout.

Les médecins soupçonnent également une maladie osseuse. Ils sont inquiets. Ils me surnomment ''l'Enigme''.

Nous nous en amusons ensemble. Je garde le sourire en toutes circonstances. Je ne veux pas me laisser couler. Je lutte pour ne pas laisser l'angoisse me submerger.

Je rencontre un rhumatologue.

Il prend la décision de me faire hospitaliser Pontoise.

Dans le même temps, Mathieu décide après une de nos engueulades de partir seul au soleil.

J'apprendrai la grande nouvelle sur Facebook évidemment, avec en prime les commentaires enjoués de Josiane.

Je suis dépitée. Dévastée par le chagrin. Je n'arrive pas à admettre qu'il part seul... D'autant que tout sera mis en place pour me faire croire que la grosse dinde blonde l'accompagne.

Il s'envole Le 30 janvier et je verse toutes les larmes de mon corps. Je me rends encore plus malade que je ne le suis déjà.

Je rentre à l'hôpital le Lundi 2 février.

Je suis terriblement stressée. J'en veux terriblement à Mathieu. Il argumente qu'il a besoin de repos et surtout de prendre du recul par rapport à sa vie...

Et moi donc ??? J'ai besoin de quoi moi ???

Est-ce que j'existe seulement pour lui ? Je suis perdue ... je n'avais vraiment pas besoin de cette souffrance supplémentaire.

A mon arrivée à Pontoise je m'entretiens longuement avec le staff médical.

L'un des médecins, le Docteur R. m'explique qu'à ce jour, ce qui les préoccupe le plus, ce sont mes diverses lésions osseuses.

Le Tep-Scan et les examens pratiqués à la demande de Riad montrent des marquages important à plusieurs endroits.

Nous repartons donc sur une série de radios, de scanners, de prélèvements et une multitude d'analyses d'urine et de sang.

Je tente de rester calme.

J'obtiens une chambre seule dès le mercredi matin, et ça me soulage. Je prends mes marques et me montre plutôt docile et sereine.

Le personnel soignant est gentil et les médecins spécialistes sont adorables et particulièrement rassurants. La nourriture, par contre est horrible, et c'est évidemment la guerre à chaque repas. Je menace de ne plus manger ce qu'on me donne mais d'aller me restaurer à la Cafétéria.

J'adore cette Cafétéria... Par gourmandise d'une part et parce que c'est le seul endroit pour capter le wifi.

En 2015, je ne comprends pas comment un centre hospitalier tel que celui de Pontoise, n'autorise pas l'accès à internet dans les chambres. C'est à mon avis un minimum. Rester en contact avec l'extérieur me semble indispensable.

La semaine n'en finit pas, les examens se succèdent. Je suis épuisée.

Mon moral va mal. J'imagine Mathieu au soleil... Loin... Tellement loin de moi... Je pleure en silence toutes les nuits.

Il m'avait évoqué son besoin de partir. Puis il avait renoncé pour ne pas me faire de la peine. Il s'est finalement envolé... J'étais prête à tout accepter, à tout comprendre, mais quelque chose me gêne.

Depuis quelques mois, Mathieu consulte une sorte de voyant-pseudo-psy.

Si se confier à ce type le fait avancer dans sa vie, pourquoi pas... Mais je trouve pour ma part que ce Monsieur prodigue de drôles de conseils.

Tout d'abord, il aurait conseillé à Mathieu au début du mois de décembre d'ouvrir de nouveau son compte dur le site de rencontres, afin de tester son pouvoir de séduction. Je trouve la démarche un peu particulière lorsque que l'on sait que son "patient" a une femme dans sa vie.

Il conseille également à Mathieu de ne penser qu'à lui pour une fois dans sa vie.

Il lui dit de SE REGARDER...

Que c'est le moyen d'aspirer enfin à la sérénité et au bonheur.

Dans le cadre de mes rendez-vous et de mes soins, je rencontre régulièrement des psys. Ils n'ont jamais de tels discours.

Aucun médecin ne m'a jamais dit de ne me préoccuper que de moi et de moi seule. Je m'entends conseiller des choses très différentes, entre autre de me soucier de l'inquiétude de mes proches. Et de ne jamais négliger leurs ressentis face à ma maladie.

Le thérapeute de Mathieu est ''différent'', il lui conseille des choses surréalistes. Ce n'est pas complètement étonnant puisqu'il est un ami proche de Josiane…

Que dire à l'homme de ma vie ? Que lui dire sinon :

- « Alors REGARDE TOI mon amour… Regarde-toi… Parce que moi, vois-tu, je souffre comme un animal blessé. J'ai mal dans mon corps, j'ai mal dans mon cœur, j'ai mal à ma vie Mathieu !!!
J'ai peur Mathieu…
J'ai peur de mourir étouffée dans mon sommeil.
J'ai peur de ne plus pouvoir marcher un beau matin.

J'ai peur d'avoir toujours plus mal.
J'ai peur de ne pas connaitre les
mots pour t'appeler Au secours
J'ai peur de me réveiller un matin et
de ne plus aimer cette vie qui abîme
mon corps et mon cœur.
J'ai peur de femmes plus jeunes,
trop jeunes... Qui t'offriraient sur un
plateau de carton ce que je ne peux
plus te donner.
J'ai peur que leurs artifices et leur
insouciance te fassent voyager en
des paradis qui ne m'appartiennent
plus.
J'ai peur Mathieu... Peur de n'avoir
plus de larmes... de n'avoir plus
d'encre dans mon cœur pour t'écrire
mon immense amour...
J'ai peur de mourir Mathieu.
J'ai mal Mathieu, mal à ma vie, mal
à Nous, mal de Nous.
C'est tellement dur de voir mes deux
petites filles pleurer,

Savoir que ma famille et mes amis s'inquiètent pour moi.

Parce que tout peut s'arrêter demain, dans un mois, dans un an.

Alors REGARDE-TOI mon amour, parce que je t'aime, et que de t'aimer, c'est avant tout vouloir que tu sois heureux.

Sois enfin serein et épanoui, même si je dois te perdre un peu plus chaque jour.

REGARDE-TOI

Je t'aime assez pour accepter de m'oublier un peu.

J'aurais voulu que tu sois celui qui tient ma main pendant toutes ces épreuves.

Que tu sois celui qui veille sur mes jours et sur mes nuits. Celui qui met des étoiles dans mes yeux. Et des fous-rires dans ma vie…

REGARDE-TOI mon amour...

J'ai rêvé de soleil avec toi... De plages avec toi... De bonheurs avec toi...

Et j'apprendrai à savourer chacune des minutes où tu Me regarderas, où tu NOUS regarderas... »

Je rentre enfin chez moi le vendredi dans la soirée. Je suis fatiguée et un peu inquiète puisque je n'ai pas les résultats de l'ensemble de mes divers examens.

J'attends le retour de Mathieu. Il doit rentrer le dimanche dans la matinée.

J'appréhende nos retrouvailles.

J'espère encore un nouveau départ.

Je n'imagine pas ma vie sans lui, parce qu'il est ma vie.

Avant cet homme, je ne savais pas qu'il était possible d'aimer à ce point. Même si je souffre de cet amour, je ne peux respirer sans lui.

Les heures sont interminables. Lorsqu'il se manifeste enfin, je suis comme une gamine qui reçoit son premier texto.

Mon cœur bat la chamade, et même si je ne sais pas comment seront nos premiers échanges, je suis heureuse.

Mathieu est bronzé, détendu, serein. Il dépose sur mes lèvres impatientes un baiser tendre. Je le regarde longuement. Il me prend contre lui et me serre de toutes ses forces, J'ai envie de pleurer, de le supplier de ne plus jamais me faire revivre cela. J'ai envie de lui hurler ma douleur, je n'en ferai rien…

Il ne reste pas pour le déjeuner, il est attendu chez l'une de ses filles. Je ne dis rien, il n'y a rien à dire.

Les enfants de Mathieu sont ainsi. Ils sont capables d'insulter leur père d'une façon monstrueuse, puis de l'accaparer à temps complet.

Son fils ainé a décidé de revenir travailler à la ferme. Je n'ai pas caché une seconde à l'homme de ma vie que cette nouvelle me rendait un peu sceptique.

Le jeune homme a ignoré son père pendant deux ans, il l'a calomnié, l'a trahi, mais il revient.

C'est merveilleux...

Non sans préciser que je dois disparaitre... C'est logique... Il aime son père, mais ne l'aime plus si je suis dans le paysage.

Je comprends que Mathieu veuille être entouré de ses enfants, mais pas à n'importe quel prix.

Je refuse d'être une monnaie d'échange.

Soit ils aiment leur père, et le laissent de ce fait mener sa vie privée comme bon le lui semble, soit leur intérêt soudain n'est que manipulation.

Je n'ai jamais empêché Mathieu de voir ses enfants.

Bien souvent, je lui ai même conseillé d'entretenir un lien coute que coute. Mais malgré tout, je n'ai toujours reçu que haine et calomnies en échange.

Au début de notre relation, cela me blessait énormément. Aujourd'hui, je m'en fiche, j'aimerai leur père avec ou sans leur approbation. Ils ne m'aiment pas, je ne les aime pas non plus et la terre ne s'arrêtera pas de tourner pour autant.

Je ne veux pas de leurs mensonges et de leurs sourires hypocrites.

Si leur pseudo-amour pour leur père se borne à ce que son monde ne tourne qu'autour de leur petite personne, nous avons eux et moi des définitions très différentes du mot ''AMOUR''.

Quand leur naturel remontera à la surface, et ça ne saura tarder, je serai là pour protéger Mon homme comme je l'ai toujours fait.

Le retour de voyage de Mathieu n'est malheureusement pas à la hauteur de mes espérances. Il n'y aura ni Saint-Valentin, ni nouveau départ.

Je découvre un matin que la dinde blonde est toujours dans ses contacts Facebook, qu'il est toujours sur ce maudit site de rencontres aussi...

Et Josiane... Josiane, toujours là... Fidèle à son poste d'emmerdeuse et d'empêcheuse de tourner en rond.

Josiane-La-Glue...

Je prends peu à peu le parti de ne prendre que les bons moments.

Accabler Mathieu de reproches ne sert à rien. Pour lui c'est normal de trimbaler Josiane comme une casserole. Pour lui c'est normal de laisser une Banquise aguicheuse et perverse m'insulter et me provoquer. Pour lui c'est normal d'afficher dans ses contacts Facebook une grosse dinde stupide.

Normal aussi de laisser l'épouse de son ami m'humilier en public.

Normal aussi de passer la Saint-Valentin avec sa fille.

J'ai baissé les bras… J'ai déposé les armes. Je n'ai plus la force de démontrer mon amour.

J'ai attendu en vain un signe, un mot, un geste… Il est parti seul en week-end… Il repartira…

Il m'a déjà prévenu d'un autre voyage.

Je ne sais plus où est ma place dans la vie de cet homme que j'aime plus que tout. Je sais seulement que je ne souhaite plus me battre pour rien. Je l'aime, je suis là, dans l'ombre et j'attendrai…

Je ne souhaite plus savoir ce qu'il fait quand il est loin de moi, ni qui il voit, ni avec qui il échange.

Je refuse d'être le prétexte de ses enfants. Il y a deux ans, ils ne m'aimaient pas parce que je rendais leur Papa trop heureux, et aujourd'hui ils ne m'aiment pas car leur père n'est pas heureux avec moi...

Je me fiche de ces mômes sans éducation qui ont été odieux avec lui bien avant mon arrivée dans sa vie... Les conflits sont en place depuis bien longtemps. C'est un art de vivre chez eux que de pourrir la vie de leur père.

J'aimerais leur répondre que j'étais présente aux côtés de leur père quand il désespérait de ne recevoir aucune réponse à ses cris d'amour pour eux...

Que j'étais présente encore pour modérer ses colères provoquées par leur seule méchanceté et leur seule bêtise...

Que c'est moi qui insistais pour qu'il les rassemble au moins une fois par an…

Que c'est moi qui séchais les larmes quand ils insultaient leur papa…

Que c'est moi encore qui implorais l'indulgence de leur père quand ils crachaient des horreurs dictées par leur mère…

Que c'est moi encore qui me suis effacée chaque fois…

Et qu'enfin leur père aurait pu être heureux sans leurs mensonges et leur hypocrisie.

Que de me tenir responsable est tout simplement dégueulasse.

Et puisqu'ils sont tellement honnêtes et supérieurs, qu'ils aient le courage d'assumer leurs erreurs et d'admettre qu'ils étaient bien plus que moi responsables du malheur de leur père.

J'aime Mathieu, je le laisse libre de m'aimer ou non.

Je ne me battrai jamais contre quatre gosses qui dans trois mois auront encore changé d'avis.

En ce mois de février, je dois revoir le pneumologue.

J'arrive très tôt à l'hôpital car je dois subir un certain nombre d'examens et notamment un test d'effort. Il s'agit de marcher le long du couloir pendant six minutes d'un pas rapide. Je m'amuse avec l'infirmière. Je termine le test sans être essoufflée.

De retour dans ma chambre, on me donne du Xanax. Deux comprimés afin de m'apaiser avant la bronchoscopie. L'examen sera plus long que celui pratiqué au début du mois de décembre. Il sera en effet accompagné d'un prélèvement.

Les assistantes du Docteur L. sont toujours aussi sympathiques. J'appréhende le passage de la minuscule caméra. L'examen dure 22 minutes interminables. C'est réellement très douloureux, bien plus que la première fois en décembre dernier.

Je retourne dans ma chambre épuisée. J'attends les résultats avec une certaine appréhension. Mathieu me rejoins.

En fin d'après-midi, le Docteur L entre dans ma chambre. Il sourit…

Il est très rare de voir cet homme sourire. Il pose une main sur mon épaule me tend son autre main et serre la mienne très fort :

-   « Je pourrai vous dire ''A dans 6 mois'', pour cette fois, je vous dis '' A dans 3 mois'' »

Je verse une larme… De joie... Pour la première fois …

-   « Merci Docteur L. Merci pour tout. »
-   « Le combat est loin d'être terminé, mais vous avez su arrêter de fumer rapidement et pour ça je vous dis un grand bravo. »

Je reverrai le Docteur L dans quelques jours. Puis tous les six mois. Aujourd'hui mon traitement pour me soulager dans la BPCO est basique. Des inhalateurs, de la kiné respiratoire. Marcher... Et ne plus fumer du tout.

Cette maladie me fait terriblement souffrir. Je respire mieux qu'il y a quelques mois, mais je m'essouffle très vite. Le moindre rhume prend des proportions catastrophiques. Je me fatigue très vite.

Le myélome au stade, me fatigue mais ne m'inquiète pas. Je suis surveillée et sereine.

J'ai de fortes douleurs dans les articulations. J'ai du mal à marcher longtemps. J'ai très mal dans les pieds et dans les mains. Je dois prochainement subir une biopsie osseuse afin de déterminer l'origine de mes lésions. Je vis sous Acupan et Lamaline pour soulager mes douleurs. J'alterne avec du Doliprane Codéïné. J'ai une grande confiance en mes Médecins. J'ai confiance en la vie.

Je me bats chaque contre la maladie. Je livre un combat sans merci.

J'aime La VIE et je ne lui en veux pas de me faire tellement mal aujourd'hui. Je ne trouve pas que la maladie soit injuste. C'est ainsi… La BPCO est le résultat de mes années de tabagie… Je suis la seule coupable de ma détresse respiratoire, je ne peux m'en prendre qu'à moi-même.

Pour le reste je vis avec… Avec l'espoir que ceci n'est qu'un mauvais rêve…Et que je sortirai de tout cela grandit et plus forte. La maladie rend humble, elle aide à relativiser les broutilles stupides dont nous nous encombrons.

Je me battrai pour vivre.

Je souffre beaucoup, c'est certain… trop souvent.

Certains soirs les douleurs sont très violentes. Je vis avec. Je travaille, je fais mes courses, je marche, je fais l'amour. J'ai une vie normale.

Je ne veux pas mourir.

Je ne veux pas abandonner mes filles. Je veux serrer contre moi les petits-enfants qu'elles me donneront.

Je veux vivre pour elles parce qu'elles ont besoin de moi.

Nous n'avons pas choisi la maladie ainsi nous ne la laisserons pas dévaster une fois de plus l'harmonie de notre famille. Je me battrai en leur nom, au nom de mes parents... Au nom de tous les miens...

J'aimerai laisser un message aux êtres qui me sont les plus chers. Mes Filles, Mathieu, Mon Frère... Et puisque l'occasion m'est donnée écrire à mes parents ce que je n'ai pas eu le temps de leur dire.

LETTRE A MON FRERE

Mon Grand,

Quand Maman m'a expliqué que j'allais avoir un petit frère ou une petite sœur, j'étais folle de joie. Je voulais tellement avoir quelqu'un pour jouer. Alors nous t'avons attendu presque 10 mois... Etait-ce une erreur de calcul de notre mère ou un signe... Dieu seul le sait...

Tu es né le 3 août 1969...

Et la première fois que je t'ai vu, j'ai eu un vrai choc... Mon dieu ce que tu étais laid... Pardonne moi, mais tu es le bébé le plus laid qu'il m'ait été donné de voir.

Je ne plaisante pas, c'était très rare une laideur pareille. Nous te surnommions Mr Propre... Je ne t'aimais pas beaucoup, tu ne servais à rien, sauf à monopoliser l'attention

de maman. Tu as grandi, et là ce fut pire...
Qu'est-ce que tu pouvais être pénible.

Mamy-Vieille disait de toi :

-   « Y'en a qui ont la vérole... Et bien
    nous, on a Sébastien... »

Tu n'arrêtais jamais d'emmerder le monde.

Puis tu as grandi... Tu es devenu "Mon
Frère"...

On n'allait jamais l'un sans l'autre. Les
vacances, les sorties... Les joints, les cuites...
Les conneries qu'on cachait aux parents.
L'incroyable complicité du duo E... Ce que je
t'aimais... Je te trouvais beau et rien n'était
jamais assez beau pour toi. Je te couvrais
d'amour.

Mon mariage, la naissance de mes filles... Je
te mettais tout le temps en avant.

Mon ex-mari nous surnommait : "Cul et
Chemise" ou encore " Pipo et Mario " ... Nous

étions inséparables... Nous étions le bonheur de nos parents... Notre complicité les amusait.

Mon grand... A la mort de notre maman tu étais tellement triste. Tu étais perdu mon bébé. Je te consolais, je te donnais ma force. Quand Papa nous a quittés c'est toi qui as tenu ma main. Tu te souviens quand ils ont emporté son corps ? Tu me serrais tellement fort pour ne pas que je m'écroule. Et cette phrase devenue culte que tu répétais :

- « Voilà... Rien ne nous aura été épargné. »

L'enterrement où tu n'as pas lâché ma main...

Les jours qui ont suivi... Nos repas... Nos crises de rire... Ce vendredi après-midi ou nous avons bu du "coca-calva"... Ce qu'on pouvait être bourré... Ce qu'on était bien... Ce qu'on s'aimait...

Voilà mon grand, la vie nous a séparés... Au nom du fric et de la connerie.

Tu as changé de camp... Notre famille t'a lâché et j'ai souffert comme un animal blessé. Ce que j'essaie de te dire mon grand, avec mes mots, avec mes maladresses, c'est que je t'aime toujours, je t'aime toujours autant, toujours si fort. Notre fragile relation retrouvée depuis peu m'aide à avancer.

Je t'aime mon Frère...Tu me manques, tu manques aux filles... Tu manques à ma vie.

Tu es toujours mon bébé, mon petit frère... Mon amour... Je t'aime Baba... Je t'aime Sébastien...

Ta Grande Soeur... Ta Didiche... Ton Dubuls... Ton boudin...Ton Boulet... Sandrine

LETTRE A CLAUDIA

Mon Amour, Mon tout petit bébé, Mon Mouzie,

Quand j'ai su que je t'attendais, enfin que je vous attendais, j'étais folle de joie. Des faux jumeaux... Ce n'était que du bonheur. Ta grande sœur n'avait que onze mois, le début de ma grossesse a été un peu fatigant, mais j'étais tellement heureuse que je m'en fichais.

Un soir pourtant, j'ai perdu ton petit frère... Tu n'imagines pas mon chagrin et ma détresse. Mon amour, ce petit frère dont un jour, alors que tu n'avais que 3 ans tu m'as demandé avec ta petite voix cassée :

- « Maman, il est où mon autre Claudia ? »

Tu étais si petite, et j'ai dû te raconter ton petit frère, ma fausse-couche, mon drame, la blessure de ma vie. Une blessure qui ne s'est jamais refermée. Je pense souvent à ce tout petit garçon, dans mon cœur il s'appelle toujours 'Jean-Baptiste' comme votre arrière-grand-père.

Une autre fois, tu devais avoir cinq ou six ans, tu étais sur le canapé avec ton biberon et ton affreux Nano et soudain tu m'as dit :

- « Mais maman, toi qui fais toujours attention à nous, comment tu as pu perdre un bébé, tu ne te souviens vraiment plus où tu l'as posé ? »

Je sais tellement que tu souffres de son absence. C'est sans doute pour cela que tu t'entoures de copains et que tu t'entends si bien avec les garçons de ton âge.

Je suis fière de toi ma Claudia, la petite fille un peu capricieuse et désobéissante que tu étais, est devenue une exquise jeune femme. Ton cœur est aussi beau que ton petit minois.

Tu es douce, brillante, drôle... Tu es une sacrée petite bonne-femme.

Ma Coco d'amour, tu es tellement courageuse ! A la mort de ta mamie adorée, je n'oublierai jamais avec quelle tendresse et quelle douceur tu as consolé ton Pilou et ton Tonton. Il y a tellement de forces en toi, tellement de courage et d'amour. Tellement de souffrances déjà malgré ton tout jeune âge. Je pense à ton cher Clément ma puce. Cette douleur enfouie en toi depuis ce mois d'aout maudit où Clément est parti au paradis rejoindre ceux que tu as tant aimé.

Ma Coco d'amour, il y a aussi, il y a surtout notre si grande complicité. Tu es un rayon de soleil. Ces soirées de grands délires pendant lesquelles un rien nous amuse. Ces nuits où tu m'empêches de dormir parce que tu ronfles ! Oui, Ma merveille, tu ronfles comme un homme...

Je sais tout de toi... Même ces fois où tu pleures quand tu raccroches le téléphone. Je sais comme tu te fais du souci mon petit amour. Si je me bats comme une lionne c'est avant tout pour toi et ta sœur. Je gagnerai cette guerre mon amour, parce que l'idée de vous abandonner m'est insupportable. J'aime déjà les ''petits bouts de vous'' qui viendront au monde. Je t'aime Claudia, je t'aime de toutes mes forces. Promets-moi de rester la jeune femme exceptionnelle que tu es. Ne laisse personne briser ton grand cœur.

Je te serre fort contre moi et n'oublie jamais qui tu es... Je t'embrasse avec toute ma tendresse et mon amour.

Maman

LETTRE A LEA

Ma Lélette, Ma Léa d'Amour, Ma Grande Fille...

A l'âge de 21 ans un médecin parisien m'a annoncé que je ne pourrais jamais avoir de bébé. Alors en ce début de printemps 1993, lorsque l'obstétricien des Urgences de l'hôpital de Pontoise m'a fait écouter ton petit cœur, je pense que je peux affirmer que ce fut le plus bel instant de ma vie... J'allais être ''Maman''.

Je t'ai attendue avec une impatience que tu ne soupçonnes pas ma chérie. Tu as montré ton magnifique petit bout de nez le 5 octobre 1993 à 5h33... Trois petits kilos d'amour et des pieds immenses... Tu étais en avance sur tout, tu étais adorable. Tu es vite devenue l'élément ''non-négociable'' de tes grands-parents. Ils étaient fous de toi.

Je t'ai toujours traitée comme une grande, tu n'avais que vingt mois lorsque que Coco est venue au monde, donc très logiquement tu étais un peu la ''chef''. Tu prenais ton rôle de ''grande sœur'' très au sérieux. Tu étais une petite fille délicieuse, drôle, pleine de malice et de gaieté.

Tu m'as un peu martyrisée pendant ton adolescence... Tu te souviens de mes colères pendant cette période ? Tu me rendais folle.

Et puis tu es devenue une adorable jeune femme, belle, brillante, courageuse... Ah ton courage mon amour... Je me demande souvent où tu puises cette force. Je t'ai vue traverser nos épreuves avec un tel calme, une telle dignité... J'ai beaucoup d'admiration pour toi Léa.

Nous nous racontons tout, nous rions de tout, nous pleurons de tout, nous nous aimons plus que tout.

Ma Léa, je sais tellement que tu souffres de me savoir malade, c'est tellement pénible pour toi. Quand tu craques et que je perçois les sanglots dans ta voix, je suis déchirée, brisée. J'ai envie de te dire que ça va aller, parce que je suis une Rebillet et que je ne veux pas laisser cette saloperie de cancer me mettre à terre. C'est impossible... Je vous aime trop... Promets-moi de ne plus pleurer et de ne plus avoir peur …

Ma Léa, je suis sûre que tu seras une maman extraordinaire... Tu n'es qu'amour et tendresse …

Je t'aime fort ma douce Léa... Et n'oublie jamais que les Anges pleurent des roses et de la pluie…

Ne change jamais, reste toujours cette jeune femme merveilleuse que tu es. Fais toujours ce qui te semble juste et bon. Sois gentille et tendre, patiente et câline… Sois une femme ma fille…

Je te couvre de mes plus doux baisers

Ta Maman

LETTRE A MON PERE

Papa, Mon Pilou d'amour,

Quand j'étais petite, je voulais me marier avec toi. Je te trouvais 'super beau', 'super fort' ... j'étais en admiration. Je voulais faire du mieux possible pour te faire plaisir. J'aimais quand tu étais fier de moi. Alors, j'allais de chercher des vers de terre, je faisais des trucs 'd'hommes' pour que tu m'emmènes partout avec toi. Tu sais, j'avais très peur des vers de terre et des anguilles et tous ces trucs bizarres que je tripotais pour t'épater. J'adorais bricoler avec toi, cuisiner avec toi, pêcher avec toi. Tu étais mon héros, et j'étais sure que ça durerait toujours. J'étais une petite fille un peu chipie et une adolescente ingérable. Ah ça tu vois, j'avoue que j'ai eu entre 13 et 18 ans des années un peu difficiles. Je n'en faisais qu'à ma tête. Tu avais beau hurler, je m'en fichais et je n'hésitais pas à te faire savoir...

Maintenant, je peux te l'avouer, je pense que tu avais raison, je me foutais un peu de ta gueule je crois. Je prenais un malin plaisir à te faire sortir de tes gonds.

C'est mon départ à Londres qui a mis fin à mes délires. A la naissance des filles, tu étais tellement heureux. Quand tu disais ''Les enfants de Ma fille'', tu avais tout dit. Tu étais tellement touchant quand tu faisais le clown pour tes petites-filles... tu as été un Papa formidable et un grand-père extraordinaire.

Tu étais un homme exceptionnel Papa. Tu étais bon, juste et généreux avec les tiens. Tu étais incroyablement cultivé, c'est fou ça, tu savais tout sur tout. J'adorais disserter avec toi.

Et tu avais ce don de me faire rire aux éclats. Ce que je pouvais rire avec toi. Tes gros mots me faisaient tellement rire. Mais enfin Papa, tu allais les chercher où tes horreurs ??? Maman détestait quand tu parlais mal, et moi ça me comblait de bonheur... J'adorais ça ! Pendant les repas, j'étais toujours assise près de toi et tu me racontais des trucs horribles. C'est toujours moi que Maman finissait par gronder. Elle disait :

- « Mais tu n'as pas honte de rire des bêtises de ton père... ce n'est pas digne d'une jeune fille de bonne famille... »

Et tu disais bien fort :

- « Ah ben je suis désolé mais même dans les bonnes familles une bite, c'est une bite... »

Pauvre Maman, ça la désolait.

Papa... Tu n'avais pas besoin de nous faire de déclaration... On lisait l'amour dans ton regard... Ton magnifique regard bleu.

Ce que tu peux me manquer...

Dis Papa ? De là-haut, tu vois comme tu me manques ? J'ai encore tellement besoin de toi parfois... Je n'accepte pas ton absence Papa... Je n'y arrive pas...

Tu as vu ? Je ne trie plus trop dans mon assiette et j'ai arrêté de fumer.

J'aurais tellement voulu que tu arrêtes toi aussi... Tu as choisi de ne pas guérir, de ne pas te soigner... tu as choisi d'aller rejoindre Maman... Tu l'aimais tellement.

Continue de veiller sur nous mon Pilou... Dors tranquille, je ne t'en veux plus, je ne t'en veux pas...

Dors tranquille mon Papa... Je bataille dur parce que c'est ce que tu aurais voulu...

Je t'aime Papa et quand on se trouvera un jour...Le plus tard possible, on se boira une bonne bouteille et on dira des gros mots pour faire gueuler Maman...

Dors tranquille Mon Pilou...

Une dernière chose Papa, quand je déconne, n'essaie pas de te retourner... tu ne peux pas... Tu es trop gros...

Je t'embrasse fort Papa...

LETTRE A MATHIEU

Mon Amour, Mon Homme, Mon Souffle ...

Je t'appelle '' Mathieu'', mais ce n'est que par soucis de confidentialité, dans mon cœur je te donne ton vrai prénom. Celui que je crie quand tu me mets en colère, mais que je murmure à ton oreille quand tu me fais l'amour.

Je revois le petit garçon que tu étais. Ce que j'ai pu te martyriser. J'adorais t'embêter, c'était plus fort que moi. Etait-ce un signe de notre immense attirance ? Je ne le sais pas...

Depuis nos premiers mots d'amour en 2012, mon cœur ne bat que pour toi. Je ne comprends pas tes doutes parfois. Tu as peur de quoi Mon Ange ? Comment peux-tu imaginer que je regarde un autre homme que toi ?

Je me sens bien avec toi et je suis certaine que tu es celui que j'attendais. Tu me reproches souvent mon manque de confiance en toi, et moi, je me tue à t'expliquer que ce n'est pas de toi dont je doute, mais des autres...

N'as-tu jamais constaté que notre bonheur gênait ? Je n'ai pas besoin de réécrire ici la longue liste de nos obstacles.

Si la solution à tous nos maux passés est de s'aimer à l'abri des regards, je signe mon amour.

Je ne peux pas vivre sans toi, tu fais partie de moi, c'est ainsi.

Notre amour est réel et sincère. Et cet amour-là on ne le connait qu'une seule fois dans sa vie.

Nous ne savons pas vivre l'un sans l'autre. Ce n'est pas faute d'avoir essayé... Nous n'y arrivons pas, nous ne le pouvons pas.

Ne gâchons plus jamais ce que la vie nous offre mon amour. Ces moments intenses et précieux, ces repas, ces échanges, ces étreintes que personne ne nous volera.

Je t'aime mon chéri, je t'aime plus que tout...Et je veux plus que tout tenir ta main jusqu'à mon dernier souffle. Tu es mon destin, ma route, ma vie...

Rester dans l'ombre ne me gêne pas. Dès lors qu'il nous reste le meilleur...

Mon amour, mène à bien tes projets professionnels, retrouve tes enfants et sois toujours l'homme que j'aime tant. N'oublie pas que c'est de cet homme-là dont je suis tombée folle amoureuse il y a maintenant 28 mois.

Tu es un chef d'entreprise formidable et un très bon Papa... Tes enfants finiront par le savoir.

Dans mon cœur, tu es le compagnon et l'amant idéal... Nous avons tout... Nous sommes tout...

Aime-moi chaque jour comme si c'était la première fois… Nourrie-moi de ton bon sens et de ta tendresse… Fais-moi rire… Conseille-moi… Raisonne-moi quand je perds la tête… Aide-moi à guérir… Aime-moi encore… Aime-moi toujours…

Et laisse-moi être ton havre de paix… Laisse-moi t'apporter chaque jour le repos du guerrier.

Laisse-moi t'aimer mon amour…

Sandrine…

Ton Amour…

LETTRE A MA MERE

Maman, Ma Douce Maman, Ma Si Jolie Maman

Tu es ma dernière lettre. Sans doute parce que t'écrire m'est particulièrement douloureux. Et j'ai tellement de choses à te dire. Je pense qu'un livre ne suffirait pas pour te décrire ce que je ressens.

Maman... Il n'y a pas une journée où je ne pense à toi. Nos bons moments mais aussi les beaucoup moins bons.

Je pense pouvoir affirmer que tu es la personne avec qui je me suis le plus disputée de toute ma vie... Qu'est-ce qu'on pouvait s'engueuler !

Tu te souviens quand tu me disais que j'étais encore plus ''Mauvaise'' que mon grand-père ?

Tu me hurlais :

- « Vas-y crache ton venin, tu es pire que le père Rebillet !!! »

Ce n'était pas très gentil Maman quand tu disais cela. Si je "crachais mon venin", c'est que j'avais de bonnes raisons de le faire. Tu ne pouvais pas t'empêcher de me chercher des poux dans la tête. Tu voulais tellement que je sois parfaite que tu en devenais presque tyrannique. Tu étais chiante en vrai Mamounette. Tu étais persuadée que je me fichais de tout et de tout le monde. Non Maman, je ne me fichais de rien, tout m'atteignait, beaucoup de choses me déplaisaient ou me blessaient, je ne disais rien pour ne pas entrer en conflit avec toi.

Ma façon à moi de me protéger. Je m'enfermais dans le silence. Tu sais, il n'y a que très peu de temps que j'ai cessé de m'enfermer dans mes "silences butés". Tu te souviens ? J'étais capable de rester des jours sans parler.

Nos réconciliations étaient toujours de grands moments de tendresse et d'émotions. On s'appelait dix fois par jour, ça faisait hurler papa. Il ne comprenait pas ce qu'on pouvait se raconter pendant des heures au téléphone. J'essaie d'être comme tu le voulais Maman.

J'essaie d'être une bonne personne. Je ne sais pas si j'y parviens, mais j'avance.

J'ai calmé mes violences, j'ai fait la paix avec mon passé.

Je parle de mes doutes et mes peurs. Je ne fais plus 'l'huitre'.

Je ne me cache plus pour pleurer… Je dis '' je t'aime '', je suis un peu plus câline. Un peu plus tendre.

Par contre je traîne toujours mes pieds. Je ne sais toujours pas marcher avec des talons. Je dis des gros mots encore un peu. Par contre je ne fais plus de bras d'honneur !!! Que des doigts !!! Non Mamounette !!! Je plaisante… Je t'imagine en train de râler…

J'essaie aussi d'être aussi digne que toi dans la maladie. Mais c'est tellement dur Maman. J'ai tellement mal quelquefois.

Et tu n'es plus là pour me serrer contre toi. Tu sais, je comprends maintenant seulement tes peurs et tes angoisses.

Tu te souviens de ce fou-rire qu'on avait eu pour ta dernière fête des mères ? Quand tu m'avais dit en pleurant :

- « Tu sais, ce n'est pas drôle d'avoir en cancer... »

Je t'avais regardé, complètement médusée... et t'avais répondu :

- « Mais enfin Maman qu'est-ce que tu racontes ??? Si en plus de tout, tu trouvais ça drôle c'est quand même que tu aurais un sacré pète au casque... »

Tu étais partie dans un fou-rire incroyable... Tu trouvais ça drôle mon histoire de '' pète au casque''.

Tu te souviens quand tu me téléphonais pour me demander de te faire rire, mais pas trop parce que ça te faisait mal, mais un peu quand même parce que ça te faisait du bien...

Je te disais :

- « Mais ça te fait mal ou ça te fait du bien ? Tu ne sais plus où tu campes Maman... »

J'aimerais tellement encore te faire rire. J'adorais faire le clown pour soulager un peu tes douleurs.

Tu me manques ma jolie Maman...

Et je te le confirme, ce n'est pas drôle d'avoir un cancer. Je te taquine... Je sais que tu sais ... Je vais batailler Maman. Je te le promets. Je te demande juste de veiller sur moi. De m'envoyer encore des signes d'amour. Je sais que de là-haut, tu m'aides à supporter tout ça.

Merci Maman d'avoir fait de moi celle que je deviens peu à peu...Merci pour tout cet amour… Merci pour tes derniers mots… Merci Ma Maman…

Je t'aimerai toujours…Ta Timbrée de fille…Didiche

A Vous sans qui ce livre n'aurait pas vu le jour…

Je vous aime.

Edition : BoD - Books on Demand
12/14 rond-point des Champs Elysées, 75008 Paris
Imprimé par Books on Demand GmbH, Norderstedt, Allemagne
ISBN : 9782322016648
Dépôt légal : Avril 2015

FSC
www.fsc.org

MIXTE

Papier issu
de sources
responsables
Paper from
responsible sources

FSC® C105338